CALON Y GWIR

CALON Y GWIR

ROWAN EDWARDS

ADDASIAD HAF ROBERTS

Teitl gwreiddiol: Sweet Vengeance
Cyhoeddwyd gyntaf yn 1989 gan Robert Hale Limited,
Clerkenwell House, Clerkenwell Green, Llundain EC1R 0HT

Argraffiad Cymraeg cyntaf: Gorffennaf 1997

Rhif Llyfr Safonol Rhyngwladol:
0-86381-451-4

Clawr: COWBOIS

Argraffwyd a chyhoeddwyd gan Wasg Carreg Gwalch,
12 Iard yr Orsaf, Llanrwst, Dyffryn Conwy LL26 0EH
☎ *(01492) 642031*

CYFRES O NOFELAU RHAMANT

1. Ddoe a'i Ddagrau
2. Cregyn Traeth
3. Jazz yn y Nos
4. Wal o Lyfrau
5. Calon y Gwir

Un

'Galw Caron Lewis.'

Edrychodd Swyddog y Crwner dros ei sbectol yn ddisgwylgar wrth i'w orchymyn atseinio drwy'r llys. Hoeliwyd sylw cannoedd o lygaid ar y gŵr a gododd yn awr o'i sedd a cherdded oddi wrth y gweddill tuag at y blwch tystio.

Camodd yn dalsyth heibio i'r Crwner a'i osgo'n gadarn ac yn hyderus. Roedd ei wyneb oeraidd yn llawn tyndra a'i wallt trwchus, bron yn ddu, prin wedi'i gribo i edrych yn daclus. Pwysleisiai'r siwt o gotwm glas tywyll, trwm ei feinder cyhyrog, ac edrychai'n drwsiadus ac anghonfensiynol iawn.

Roedd ei ddylanwad ar y cwest eisoes yn amlwg a nawr ei fod uwchlaw pawb yn y blwch tystio, ef oedd yn rheoli popeth. Edrychai'n brudd ond eto'n hunanfeddiannol. Gellid gweld rhyw awgrym o haerllugrwydd, rhyw grechwen efallai, ar ei wefus isaf a leddfai'r boen yn y llygaid brown oer.

Mi gewch ddweud y gwaethaf bob un ohonoch, gwaeddai'r llygaid. *Mi gewch ddweud beth fynnwch chi. Pa wahaniaeth wnaiff hynny i mi rŵan? Pa wahaniaeth?*

Edrychodd ar yr wynebau amrywiol oedd yn syllu'n ôl arno. Cyfreithwyr, pobl y wasg, plismyn, tystion. Am berfformiad! Am haid o ffyliaid! Y ffars yma i gyd, dim ond i gofnodi dedfryd o farwolaeth drwy ddamwain!

Pa ots bod Helen druan wedi llwyddo i yrru'i char dros ddibyn; wedi rhoi diwedd arni ei hun a'r car? Doedd bosib mai ei thrasiedi hi oedd hynny, a'i drasiedi yntau efallai? Nid rhyw strach fiwrocrataidd i'r bobl ddieithr hyn dyrchu drwyddi, heb sôn am geisio barnu'r digwyddiad! Fu bywyd Helen erioed yn braf. Pam na fedren nhw adael iddi gael y mymryn lleiaf o urddas, a hithau bellach yn ei bedd?

Doedd ganddo ddim amser i'r un ohonyn nhw, yn enwedig y llygad-dyst bondigrybwyll yna oedd yn honni ei bod wedi gweld y cyfan o rhyw fan cyfleus iawn ar ochr y clogwyn. Os oedd y Crwner am ddod i benderfyniad ar sail ei barn *hi*, doedd o ddim hanner call!

Yn ôl ei thystiolaeth, roedd hi wrthi'n brysur yn chwilota am fwsoglau neu algâu prin neu rywbeth pan ddigwyddodd y cyfan yn union uwch ei phen. Beth oedd ei henw hefyd . . . ? Swyn, ia, dyna fo. Swyn Morgan. Myfyrwraig Botaneg.

Syllodd ar y môr o wynebau o'i flaen eto nes cael hyd i'w hwyneb hi. Roedd hi'n hwyr yn ymuno â'r gwrandawiad; wedi cael ei llusgo i mewn ar y munud olaf fel prif dyst yr heddlu. Roedd hi wedi colli ei ddatganiad cyntaf ef i gyd felly. Gwyliai hithau Caron yn awr; ei llygaid llwydlas yn cyfarfod â'i lygaid ef ar draws y gwagle oedd rhyngddynt. Roedd o wedi sylwi ar y llygaid yna o" blaen pan safodd hi yn y blwch i gyflwyno'i sylwadau tawel: y gwrthdaro rhwng beiddgarwch a swildod oedd mor amlwg ynddynt.

Ond nid yn y llygaid yn unig y gwelai Caron y gwrthdaro bythgofiadwy. Roedd rhyw hyder ynghudd yn ei llais tawel; gallai ei gwefusau meddal dynhau'n llinellau penderfynol wrth iddi bwysleisio rhyw bwynt neu'i gilydd ac nid oedd ei gwisg syml yn cuddio nac yn pwysleisio nodweddion siapus ei chorff. Gwallt golau, sgleiniog, yn gorwedd yn daclus; croen golau, llyfn, heb golur, yn pwysleisio'r esgyrn hardd oddi tano. Gên gadarn, bochau siapus. Y math o harddwch fyddai'n aeddfedu wrth fynd yn hŷn. Rhosyn yn ei flagur, eto i flodeuo.

Syllodd Caron arni hi a neb arall. Roedd hi'n ifanc ac yn hynod ddeallus, roedd hynny'n amlwg. Gwgodd arni, gyda'r elyniaeth a deimlai tuag ati'n fflachio yn ei lygaid. Ond ni symudodd ei llygaid hi fodfedd.

Roedd Caron yn gynddeiriog. Pam ddiawl oedd hi wedi penderfynu dod yno, mor agos at y diwedd fel hyn, i stwffio'i thrwyn bach i mewn i bopeth? I awgrymu yn gyhoeddus ac mewn ffordd mor hyderus bod Helen, efallai, wedi gyrru'r car dros ymyl y dibyn yn fwriadol? Roedd hi'n amlwg wedi dylanwadu ar y Crwner gyda'i barn glaear, gryno. Tyfodd ei elyniaeth tuag ati. Sut allai hi feiddio syllu arno mor ddigynnwrf, mor herfeiddiol. Damia'r ferch am ddigwydd bod yn yr union fan honno ar yr union adeg hwnnw! Damia bob un ohonyn nhw am ei lusgo drwy hyn i gyd! Er mai achos yn ymwneud â Helen oedd o, prin y gellid dweud ei fod yn fater iddo yntau . . . nid bellach, nid ar ôl cymaint o amser.

Pa ots, yn enw Duw, oedd gan weddill y byd os oedd rhyw greadures wedi colli rheolaeth ar ei char ac wedi llithro dros ymyl dibyn, neu wedi gwneud hynny'n fwriadol am ryw reswm anesboniadwy? Roedd Helen wedi marw. Ni allai dim newid hynny, waeth sut fydden nhw'n dadansoddi'r digwyddiad.

Syllodd Caron tua'r llawr, ei wefusau'n tynhau'n sarrug a'i fysedd yn wyn wrth iddo wasgu ymyl y blwch. Roedd o'n twyllo'i hun wrth gwrs. Mi *roedd* ots. Roedd y gyfraith yn dweud bod ots ac, er gwaethaf popeth, roedd ots ganddo yntau hefyd. Doedd Helen ddim wedi bod yn un hawdd iawn i fyw gyda hi. Gwylltiai fel matsien. Roedd hi wedi ei adael fisoedd ynghynt ac ni welodd mohoni wedi hynny. A dweud y gwir, doedd o ddim hyd yn oed yn gwybod ei bod hi wedi dod 'nôl i'r ardal. Ond roedd cysylltiad rhyngddynt, p'un ai oedd o yn hoffi hynny ai peidio. Roedd Helen wedi bod yn wraig iddo.

Yn swyddogol, roedd hi'n dal i fod yn wraig iddo, a dyna pam y cafodd Caron ei alw i'r llys ofnadwy yma heddiw. Yn union fel pe bai disgwyl iddo daflu rhyw oleuni ar y ddrama hon: y diwedd creulon i fywyd stormus. Yn union fel pe bai ganddo rhyw gyfrifoldeb o hyd am yr hyn a wnâi Helen!

Ond efallai ei fod o'n rhannol gyfrifol amdani o hyd . . . efallai ei fod o'n rhannu'i phroblemau, mewn un ffordd? Roedd o wedi dioddef o'i herwydd hi, doedd dim amheuaeth am hynny. Cafodd ei siomi sawl gwaith yn ystod y blynyddoedd diwethaf, ac yn ystod y misoedd diwethaf roedd o wedi chwerwi, wedi colli'i ffydd mewn pobl, yn enwedig merched. Yn fwy na dim, ni wyddai a oedd ganddo'r gallu i garu bellach, na'r gallu i gael ei garu. Ond a oedd o i'w feio am hynny hefyd, tybed? A hithau bellach yn farw, fyddai o'n gorfod wynebu euogrwydd newydd yn ogystal â'r casineb oedd yn ei gorddi ers iddi ei adael?

Caeodd ei lygaid yn dynn, ac yna'u hagor i edrych ar wyneb digynnwrf, pwyllog y Crwner. Roedd o'n afresymol! Dyma gyfle delfrydol i emosiwn dall fygu rheswm. Rywsut, roedd gweithred olaf Helen yn fwy o drobwynt yn ei fywyd na'r diwrnod pan ddiflannodd. Teimlai fel ymosodiad personol – cyhuddiad – cadarnhad o'i ofnau cudd. Rhyw fath o ddial anesboniadwy (ond am beth? Beth oedd o wedi'i wneud?). Yr hoelen olaf yn arch ei briodas wag, ac yn waeth fyth, yn ei hunan-barch.

Felly daeth yma i siarad drosto'i hun, yn hytrach na thalu i ryw gyfreithiwr clyfar wneud hynny ar ei ran. Roedd ganddo bresenoldeb – gwyddai hynny'n iawn. Roedd o'n hen law ar berfformio'n gyhoeddus – dyna'i fywoliaeth tan yn ddiweddar. Penderfynodd ddefnyddio'i holl egni a'i ddawn fel actor mewn un ymdrech fawr i brofi i'r llys hwn, ac iddo'i hun, mai marw'n ddamweiniol wnaeth Helen. Doedd o ddim am gael ei gysylltu â hunanladdiad neb, ar ben popeth arall.

Yn llawn penderfyniad, saethodd gipolwg gelyniaethus i gyfeiriad Swyn. Er na wyddai hi efallai, daethai'n symbol o bawb a phopeth a oedd yn sefyll yn ei erbyn ef. Diflaniad Helen, y sioc olaf hon, a'u holl gwerylon dros y blynyddoedd . . .

Trodd yn gyflym i wynebu'r Crwner a oedd yn aros yn amyneddgar tra oedd Caron yn hel ei feddyliau at ei gilydd.

'Mae'n ddrwg gen i. Wnaethoch chi ofyn cwestiwn i mi?'

Roedd ei lais mor dywyll a chaled â'i wedd, ond gyda rhyw gwrteisi gorfodol yn ymwthio i'r wyneb. O'i sedd yn y llys, ymatebodd Swyn i'r llais mewn modd a oedd yn gwbl anghyfarwydd iddi.

Roedd ei hymateb cyntaf i'r gŵr hwn pan y'i gwelodd awr ynghynt wedi ei dychryn hefyd. Ceisiodd gysuro ei hun ei bod yn siŵr o fod yn mynd drwy ryw fath o sioc wrth iddi orfod ail-fyw'r digwyddiadau rhyfeddol hynny a welodd pan safodd ar ymyl y clogwyn dair wythnos yn ôl. Canolbwyntio ar ei gwaith oedd hi pan drodd car oddi ar y ffordd ychydig lathenni uwch ei phen a hyrddio i lawr ymyl y clogwyn . . .

Gwingodd Swyn yn ei sedd a chydio'n dynn yn strap ei bag, yn union fel ag y cydiodd hi'n y graig agosaf ati adeg y ddamwain. Am eiliad, aeth pobman yn dywyll a theimlai'n sâl. Dyna ddigwyddodd bryd hynny hefyd, a bu'n rhaid iddi gau ei llygaid i frwydro'n erbyn y teimlad.

Wedi iddi eu hagor, roedd y car yn bentwr chwilfriw o fetel a gwydr ar y tir creigiog islaw. Roedd hithau'n crynu a'i chalon yn curo'n gyflym wrth iddi ymbalfalu 'nôl at y ffordd er mwyn stopio'r cerbyd cyntaf aeth heibio a gofyn i'r gyrrwr fynd i ffônio am gymorth.

Yna, synau seiren swnllyd a goleuadau'n fflachio: injan dân ac ambiwlans a cheir plismyn a phlismyn oedd wedi cymryd ei henw a'i chyfeiriad cyn dweud wrthi y byddai'n debygol o gael ei galw'n dyst i'r llys pan gynhelid y cwest – os oedd gyrrwr y car wedi ei ladd, fel yr oeddent yn amau.

Cofiai'r digwyddiad fel petai ond wedi digwydd ddoe. Doedd hi prin wedi dod dros y sioc, prin wedi dod ati'i hun; ond dyma hi yn yr union gwest hwnnw yn syllu i wyneb gŵr y ddynes oedd yn y car, yn clywed y dicter yn ei lais, yn teimlo'i gasineb tuag ati. Roedd o'n siŵr o fod dan deimlad wrth gwrs, ond pam oedd yr holl elyniaeth wedi'i anelu mor amlwg tuag ati hi?

Ymbaratodd Swyn i ddweud yn union beth a welodd y diwrnod hwnnw, waeth pa effaith fyddai hynny'n ei gael arno fo. Llys barn oedd hwn wedi'r cwbl; a beth bynnag, doedd hi fyth yn dweud celwyddau na chuddio ffeithiau.

Ailadroddodd y Crwner ei gwestiwn yn oddefgar i Caron. 'Do, Mr Lewis. Rydw i wedi'ch galw chi'n ôl er mwyn i chi gael ailystyried eich datganiad cyntaf yng ngoleuni'r dystiolaeth newydd. Mae'n rhaid inni ystyried cyflwr meddwl eich diweddar wraig.'

'Fy niweddar gyn-wraig,' atebodd Caron yn swta.

'Rwy'n deall eich bod chi wedi gwahanu ers rhyw – be ddywedoch chi hefyd?' Edrychodd y Crwner ar ei nodiadau. 'Wyth mis? Ond doeddech chi ddim, os ydw i'n iawn, wedi cael ysgariad?'

'Hyd yn hyn. Roedd hynny ar y gweill gen i.' Roedd Caron yn ddifater yn awr.

'Dwi'n gweld.' Roedd y Crwner yn ŵr caredig a doedd o ddim am greu unrhyw boen diangen i neb. Roedd o'n gyfarwydd iawn â sensitifrwydd pobl ar adegau fel hyn. Ond roedd o'n ymwybodol bod y tyst hwn wedi dewis ei gynrychioli ei hun yn y llys. Roedd yn rhaid iddo dderbyn canlyniadau penderfyniad o'r fath.

'Beth ydych chi'n feddwl, cyflwr ei meddwl hi?' holodd Caron yn bigog.

'Mae arwyddion bod eich gwraig – sut alla' i ddweud hyn, yn anwadal yn feddyliol ac yn emosiynol, Mr Lewis. Yn ôl pob tebyg, roedd hi wedi bod yn gweld arbenigwr seiciatryddol yng Nghaerdydd.'

'Mae hynny'n newyddion i mi.' Ond nid oedd unrhyw dinc o syndod i'w glywed yn llais Caron. Roedd Helen yn berson anwadal iawn, hyd yn oed cyn iddi . . .

'Mae gen i adroddiad yn y fan yma, gan Doctor – ym – Llywelyn, o Ysbyty'r Brifysgol. Doedd gennych chi ddim syniad ei bod hi'n mynd i'r uned yn y fan honno yn ddiweddar?'

'Nac oedd siŵr!' Roedd Caron eisoes wedi cael llond bol a doedd o ddim am guddio hynny. 'Dwi wedi dweud wrthych chi, fe adawodd Helen wyth mis yn ôl a 'chlywais i ddim byd ganddi wedyn. Doeddwn i ddim yn gwybod ei bod hi yng Nghaerdydd hyd yn oed. Doedd gen i ddim syniad i ble'r aeth hi.'

'Mmm.' Roedd y Crwner yn ceisio cyflawni gorchwyl anodd iawn mor ddoeth ag yr oedd modd. Roedd o wedi arfer â pherthnasau pobl a fu farw; yn aml iawn roedden nhw fel pe baen nhw'n teimlo ryw angen i amddiffyn eu hunain, fel pe baen nhw'n amau eu bod nhw i'w beio am y drasiedi. Ond roedd hwn yn anos i'w drin na'r rhelyw.

Ond nid oedd hynny'n syndod o gofio'r ddelwedd bwerus a thrawiadol a greodd ar lwyfan ychydig flynyddoedd yn ôl, ac ni lwyddodd y sgrîn fach i leihau dylanwad Caron Lewis hyd yn oed. Mewn rhai o'r rhannau clasurol hynny, roedd o fel pe bai o gyda chi yn yr ystafell. Roedd y Crwner yn hoff iawn o'r theatr, a theimlodd edmygedd a thrueni yn gymysg â'i asesiad proffesiynol o'r gŵr oedd yn sefyll o'i flaen yn y blwch tystio.

'A beth bynnag,' cyfarthodd Caron, 'ydi hynny'n berthnasol?'

Atebodd y Crwner yn bwyllog. 'Mae'n rhaid i ni roi ystyriaeth ofalus i bob gwybodaeth, Mr Lewis. Dyna'r cwbwl. Dim ond un elfen arall yn y stori yw hyn, un darn arall yn y jig-sô.'

'A beth ydych chi'n ddisgwyl i mi ei ddweud?' Wrth gynhyrfu fwyfwy, roedd Caron yn mynd yn gwbl ddigywilydd ond ni phoenai hynny y Crwner.

'Y cwbwl dwi am ei wneud yw rhoi cyfle i chi roi unrhyw sylwadau gerbron . . . i ychwanegu at eich prif ddatganiad.'

'Hy,' chwyrnodd Caron. 'Does gen i ddim mwy i'w ddweud.'

'Mae'n rhaid inni ystyried tystiolaeth yr unig lygad-dyst hefyd,' meddai'r Crwner, gan ddal ati'n oddefgar ond yn gadarn. 'Rydyn ni wedi clywed gan Miss – ym – Morgan nad oedd dim arall ar y ffordd pan ddigwyddodd y ddamwain; bod y ffordd yn sych; a chyn belled ag y gwelai hi, nad oedd gwir reswm gan eich gwraig dros golli rheolaeth ar y car.'

Cododd Caron ei ysgwyddau. 'Efallai fod rhywbeth wedi digwydd i'r llyw. Efallai fod Helen wedi cael pwl o benysgafndod.'

'Oedd hi, hyd y gwyddoch chi, yn dioddef o byliau o benysgafndod?' holodd y Crwner yn garedig.

'Nac oedd,' cyfaddefodd Caron, 'ond doeddwn i ddim wedi ei gweld hi ers wyth mis,' ychwanegodd yn wawdlyd gan roi pwyslais ar bob sillaf yn fwriadol. Yna, collodd reolaeth arno'i hun. 'A ph'run bynnag, pam ddiawl ddylech chi gymryd ei gair hi yn hytrach na f'un i?' Pwyntiodd i gyfeiriad Swyn yn annymunol. 'Sut y gwyddon ni ei bod hi'n gwylio popeth yn fanwl. Efallai nad ydi hi'n gweld yn iawn neu efallai ei bod hi'n poeni mwy am ei samplau botanegol na dim byd arall ar y pryd,' ychwanegodd yn sarhaus. 'Dydi hi'n neb i mi. Pam ddylai ei barn hi fod mor bwysig?'

'Mr Lewis, nid mater o gael un farn bwysicach na'r llall ydi hyn. Mae Miss Morgan wedi tyngu llw yma yn y llys, yn union fel ag y gwnaethoch chi, a'i hadroddiad hi yw'r unig un sydd gennym gan lygad-dyst, ac felly'r mwyaf cywir. Rydym ni'n siŵr o roi ystyriaeth i'w barn hi felly. Fodd bynnag,' ychwanegodd, yn garedicach, 'dim ond un ffactor yn fy mhenderfyniad i ynghylch achos y farwolaeth yw tystiolaeth o'r fath. Dyna pam y bu i mi eich galw chi'n ôl. Roeddwn i'n cael yr argraff y byddech chi'n dymuno dweud mwy, gan ein bod ni wedi clywed cymaint o dystiolaeth newydd. Efallai yr hoffech chi groesholi rhai o'r tystion eich hun?'

Syllodd Caron yn ddwys o amgylch y llys. Aeth pobman yn dawel fel y bedd; roedd pob llygad yn gwylio pob ystum a wnâi, pob clust yn gwrando'n astud am ei ymateb. Roedd o fel dewin yn hudo'r gynulleidfa o'i flaen. Bu'n hawlio ymateb fel hyn erioed, ar lwyfan ac ar sgrîn, ond y tro hwn roedd y ddrama'n un go iawn, yn perthyn iddo ef yn bersonol.

Syllod Caron i fyw llygaid Swyn Morgan am rai eiliadau gan gyfleu ei holl wylltineb, ei hunan-gasineb a'i rwystredigaeth. Yna peidiodd â syllu ac ysgydwodd ei ben tywyll, wedi'i drechu o'r diwedd. 'Na,' chwyrnodd. 'Dydw i ddim isio holi 'run o'r tystion. Rydw i isio gadael y blwch 'ma, a chyn gynted ag y medra' i, gadael y llys 'ma hefyd.'

'Rydw i'n rhoi caniatâd i chi wneud hynny yn awr.' Am y tro cyntaf, gwenodd y Crwner ar Caron, gwên gan edmygydd heb fod yn nawddoglyd nac yn awdurdodol mewn unrhyw fodd.

Ni wenodd Caron yn ôl. Brasgamodd o'r blwch ond

arhosodd yn y llys. Safodd ar ei ben ei hun yn y cefn i glywed y Crwner yn crynhoi popeth yn daclus: tystiolaeth yr heddlu, adroddiadau'r patholegwyr, datganiadau meddygol. Gwrandawodd yn ddifater wrth i'r Crwner gyhoeddi ei ddedfryd: marwolaeth drwy ddamwain; gydag atodiad yn nodi y gallai cyflwr meddwl Helen fod yn anwadal ar y pryd. Yna, o'r diwedd, teimlodd Caron y tyndra ynddo'n llacio ychydig. Ond ni arhosodd gyda'r gweddill i wylio'r Crwner yn gadael y llys yn urddasol. Trodd ar ei sawdl a chamu'n wyllt o'r ystafell.

Dau

Bore Sul yn nechrau mis Gorffennaf oedd hi. Edrychodd Swyn unwaith eto ar y gwaith oedd o'i blaen ar y ddesg. Roedd y fflat yn wag a distaw, ei hystafell yn fechan a chyfyng. Ond roedd yn rhaid i'r gwaith yma gael ei wneud . . . roedd yn rhaid iddi ysgrifennu'r prosiect a doedd fiw iddi gael ei hudo gan yr awyr las a'r haul crasboeth y tu allan.

Roedd Gwion a Sara oedd yn byw gyda hi yn y fflat wedi gadael am eu gwyliau yn Llydaw. Roedd Swyn, oedd prin yn gallu fforddio aros ym Mangor heb sôn am fynd dramor ar ei gwyliau, yn ceisio argyhoeddi ei hun mai dyna oedd orau neu fyddai hi fyth yn gorffen ei thraethawd. Roedd yr hogyn arall oedd yn rhannu gyda nhw wedi mynd adref i dreulio'r haf gyda'i deulu. Doedd gan Swyn ddim teulu, diolch i'r drefn meddyliodd, neu fyddai hi byth yn cael pen ar ei gwaith.

Ildiodd i'r demtasiwn a chodi at y ffenest. Syllodd ar yr awyr las braf uwch ben. Pam oedd hi'n braf bob amser pan oedd ganddi hi domen o waith i'w wneud?

Aeth i orwedd ar ei gwely a phlethodd ei dwylo y tu ôl i'w phen. Edrychodd ar y craciau yn batrwm cyfarwydd ar y nenfwd. Doedd dim diben dymuno i bethau fod yn wahanol. Doedd ganddi unman arall i fynd ac roedd Bangor yn ddinas braf gyda lleoedd hyfryd o'i chwmpas. Efallai y byddai un neu ddwy o'i ffrindiau yn aros ym Mangor am ychydig. Gallai feddwl am bethau i leddfu peth o'r unigrwydd a'r diflastod pe bai hi'n rhoi ei meddwl ar waith. Nid oedd raid iddi deimlo fel hyn a doedd o ddim yn rhan o'i natur hi fel arfer. Felly pam yr holl dyndra a'r anfodlonrwydd? Pam oedd hi'n teimlo ar bigau'r drain drwy'r amser, fel petai ganddi, mwya' sydyn, gymaint o leoedd i'w gweld, profiadau i'w blasu, a'r rheiny'n galw arni, yn ei thynnu?

Neidiodd ar ei heistedd wrth i gloch y drws ffrynt ganu'n uchel. Fyddai neb yn galw pan oedd y lleill ar eu gwyliau. Pwy allai fod yno? Petai hi'n eu hanwybyddu, efallai y bydden nhw'n mynd.

Na, wrth gwrs, allai hi mo'u hanwybyddu: mi fyddai hynny'n wirion! Efallai fod Swyn braidd yn swil ond doedd hi ddim yn feudwy! Taclusodd ei dillad ac aeth i'r ystafell molchi i daflu ychydig o ddŵr oer ar ei hwyneb. Roedd ei hystafell yn boeth a theimlai'n gysglyd, yn union fel petai hi mewn breuddwyd.

Canodd y gloch eto, yn uwch ac yn fwy croch. Gyrrodd y sŵn rhyw ias i lawr asgwrn ei chefn. Pwy bynnag oedd yno, roedden nhw'n swnio fel pe baen nhw ar frys mawr – neu mewn tymer ddrwg efallai. Brysiodd drwy'r cyntedd ac agorodd y drws ffrynt.

'Mr Lewis!'

'Miss Morgan.'

Nodiodd ei ben yn gwrtais. Gwenodd hyd yn oed. Doedd o ddim yn gwisgo siwt las grand y tro hwn. Heddiw roedd o'n gwisgo jîns a hwnnw wedi colli'i liw yn fwy na'r un jîns arall a welodd Swyn erioed, hyd yn oed gan fyfyriwr. Roedd ei wallt du yr un mor flêr, a'i lygaid yr un mor drist, ond roedd o'n edrych mewn gwell hwyliau.

'Doeddwn i . . . 'nes i ddim meddwl y byddwn i'n eich gweld chi eto!'

'Naddo?' holodd yn amheus, a hyd yn oed wrth iddo siarad, gwyddai Swyn nad oedd hi wedi dweud y gwir i gyd. Dim ond rhan ohoni oedd yn credu hynny, rhan fechan iawn. 'Dwi'n siŵr eich bod chi wedi *gobeithio* na fyddech chi'n fy ngweld i eto,' ychwanegodd.

'Be . . . be 'dach chi isio?'

'Sgwrs efo chi, os ga' i? Mae'n rhaid i mi gael gair efo chi.

Ga' i ddod i mewn, dim ond am ddau funud - wna' i mo'ch cadw chi . . . '

Roedd ei lais yr un mor ddwfn â'r diwrnod hwnnw yn y llys, ond gyda rhyw awgrym o sinigiaeth ynddo heddiw. Efallai nad oedd Swyn yn brofiadol, ond gallai synhwyro cryfder ei deimladau cudd a'i reolaeth drostynt. Gwyddai hefyd fod raid iddi droedio'n ofalus.

Oedodd am eiliad cyn datgan, 'Iawn, dewch i mewn.' Arweiniodd ef i'r lolfa a'i wahodd i eistedd yn y gadair freichiau. Eisteddodd hithau gyferbyn ag o ar y soffa. 'Sut ddaethoch chi o hyd i mi?'

'Yn hawdd iawn a dweud y gwir, Miss Morgan. Mi ddwedoch chi'n y llys eich bod chi wedi graddio mewn Botaneg ac yn dilyn cwrs pellach yn y maes. Ar ôl holi amdanoch chi yn y brifysgol, fues i ddim yn hir iawn cyn dod o hyd i chi.'

Gwelodd Swyn ryw arwydd o anesmwythyd yn ei lygaid a oedd yn cadarnhau'r dinc anghyfforddus yn ei lais, ond roedd o'n actor gwych a diflannodd yr anesmwythyd unwaith y cyfarfu ei lygaid â'i llygaid hi, ond roedd Swyn ar ei gwyliadwraeth.

Dechreuodd barablu unwaith eto. 'Roedd yr ysgrifenyddes yn y brifysgol – yn eich adran chi – yn barod iawn i helpu. Mi ddwedes i wrthi 'mod i'n perthyn i chi a bod gen i neges frys i'w rhoi i chi, ac mi roddodd hi eich cyfeiriad chi i mi heb unrhyw drafferth. A chan nad oes gennych chi ffôn, wel dyma fi.'

'Wnaeth hi wir?' Gallai Swyn weld y cyfan yn glir yn ei meddwl. Y llais yna . . . neu efallai ei fod o wedi mynd yno . . . ? Doedd dim amheuaeth na fyddai o'n cael beth bynnag a ddymunai gan unrhyw un – yn enwedig gan ddynes.

'Felly, os oes gennych chi unrhyw gwynion,' meddai'n wên-deg, 'ewch ati hi. Does dim amheuaeth ei bod hi wedi torri'r rheolau wrth roi eich cyfeiriad chi i mi heb eich caniatâd.'

'Mmm.' Gwingodd Swyn yn anghyfforddus yn ei sedd. 'Pam?' holodd yn swta. 'Pam mynd i'r fath drafferth?'

Pwysodd Caron yn ôl yn y gadair a'i ddwylo wedi eu plethu y tu ôl i'w ben. Roedd o'n gwenu er ei fod yn syllu'n dreiddgar arni o hyd. 'Am fy mod i isio'ch gweld chi eto, wrth gwrs.'

Cododd hyn wrychyn Swyn. 'Dwi ddim yn meddwl fod ganddon ni fwy i'w ddweud wrth ein gilydd, Mr Lewis.'

'Nac ydach wir?' Crwydrodd ei lygaid i archwilio'i chorff i gyd. Oedd, roedd y cyfan yno o hyd; yn llai ffurfiol heddiw wrth gwrs, wedi iddi gael ei dal yn ddirybudd fel cwningen ofnus, gynhyrfus yn ei gwâl, ond roedd hi'n cyfleu yr un cyfuniad o dawelwch benywaidd a chryfder cudd. Roedd hi'n enigmatig a thawedog; ond roedd o'n benderfynol o dorri drwy'i chragen.

Teimlodd Caron y gwylltineb o'i fewn yn berwi wrth iddo edrych arni. Gwasgodd ei ddyrnau'n dynn y tu ôl i'w ben er mwyn ceisio cuddio'i ddicter. Roedd hi mor siŵr ohoni'i hun, mor hunangyfiawn. Hunanfodlon, dyna'r gair. Doedd pwysau'r byd erioed wedi bod ar ei hysgwyddau siapus hi, roedd hynny'n amlwg, nac wedi creu rhychau ar ei hwyneb perffaith. Roedd hi'n ifanc a dihalog, ac roedd o'n ei chasáu hi am hynny. Ar yr union funud hwnnw, hi oedd ar fai am ei holl ddioddefaint o ac fe fyddai'n rhaid iddo ddial arni am hynny. Byddai'n rhaid iddo ddangos iddi nad oedd bywyd yn fêl i gyd. Crechwenodd. Samplau botanegol wir!

Ond nid oedd unrhyw awgrym o'r dicter hwn yn ei lais pan ddechreuodd egluro pam y daeth i'w gweld. Pe na bai'n dweud y geiriau iawn rŵan, fyddai o fyth yn medru mynd yn ddigon agos ati i ddial arni. Roedd hwn yn funud tyngedfennol, byddai'n rhaid i'r actor fod ar ei orau.

'Mi wn i'n iawn beth ddwedoch chi yn y cwest, Miss Morgan; mi glywais y ddedfryd, a barn yr holl dystion, gan gynnwys eich barn chi.' Llyncodd y chwerwder oedd yn bygwth dod i'r wyneb. 'Ond rydw i wedi bod yn mynd drwy uffern ers hynny! Mae'n rhaid i mi gael gwybod beth ddigwyddodd tua'r diwedd . . . dyddiau diwethaf Helen efallai: y digwyddiadau a arweiniodd at y . . . y ddamwain. Mae'n rhaid i mi fod yn siŵr fod dyfarniad y cwest yn gywir, oherwydd pe bai 'na rhyw awgrym bychan, hyd yn oed yr awgrym lleiaf erioed yng nghefn fy meddwl ei bod hi wedi gwneud hyn yn fwriadol . . . wedi . . . '

'Lladd ei hun?' sibrydodd Swyn wrth i Caron fethu yngan y geiriau. Roedd hi'n gwylio pob ystum o'i eiddo, yn gwrando ar bob sillaf. Roedd o wedi ei hudo.

'Yn union. Roeddwn i'n gwybod y byddech chi'n deall.' Gwenodd yn gam ac yn annisgwyl. Gweddnewidiodd ei wyneb a thorrodd hynny drwy amddiffynfeydd Swyn.

'Ond be fedra' i ei wneud?' atebodd Swyn, yn fwy tosturiol y tro hwn.

'Dwi wedi bod yn siarad â phobl oedd yn rhan o fywyd Helen tua'r diwedd,' meddai Caron. Roedd o'n hen law ar raffu celwyddau. 'Casglu gwybodaeth, ceisio cael tawelwch meddwl ac roeddwn i'n teimlo 'mod i angen clywed eich stori chi am ei marwolaeth unwaith eto, mewn gwell amgylchiadau.'

Roedd Swyn yn plethu'i dwylo'n nerfus. 'Fydda i ddim yn gallu ychwanegu mwy at yr hyn ddwedais i yn y llys. Wn i ddim be arall fedra' i ddweud.'

Roedd Caron yn feistr ar eiriau ac roedd hithau fel tegan yn ei ddwylo. 'Wrth gwrs, mae hyn yn sioc i chi. Roeddech chi'n meddwl bod popeth drosodd, a dyma finnau'n glanio'n annisgwyl ar garreg eich drws i'ch atgoffa am y digwyddiad amhleserus yma. Doeddwn i ddim yn disgwyl i chi drafod y peth efo fi heddiw; mewn rhyw ddiwrnod neu ddau efallai, wedi i chi gynefino â'r syniad? Mi hoffwn i gael eich barn chi'n iawn . . .'

'Ond mi rydw i eisoes wedi dweud fy marn i'n iawn – yn y llys!'

Daliodd Caron ei dir. 'Wrth gwrs, ond pe tasen ni'n mynd drwy'r digwyddiad eto, efallai y byddech chi'n cofio mwy o fanylion . . . wn i ddim . . . rhywbeth i'w gwneud hi'n haws i mi ddioddef hyn i gyd . . . i ddeall . . . ' Tosturiodd Swyn tuag ato a manteisiodd Caron ar hynny. 'Hefyd, Swyn, mae arna' i angen siarad â rhywun nad oedd yn rhan o'n bywydau ni, rhywun dieithr . . . mi allech chi fod o gymorth mawr i mi; rydw i'n teimlo hynny ym mêr fy esgyrn. Ar wahân i hynny, chi oedd yr unig un welodd bopeth yn digwydd. A dweud y gwir, fuasai neb arall yn gwneud y tro. Felly plis, Swyn, plis?'

Cytunodd Swyn, er na wyddai pam ar wyneb y ddaear. Euogrwydd efallai, neu wallgofrwydd? Efallai fod ei glywed yn dweud ei henw wrth ymbil arni wedi cynhyrfu ei hemosiynau. Clywodd ei llais yn sibrwd, 'Iawn, ond nid yma, nid . . . '

'Na, wrth gwrs!' Roedd o'n fwy na pharod i drafod yn awr ac yntau wedi cael ei ffordd ei hun. Roedd o ar ben ei ddigon. 'Dewch allan am bryd o fwyd efo fi,' meddai, fel pe bai newydd feddwl am y syniad. 'Mi allen ni fynd i rywle distaw braf i gael llonydd,' meddai'n dynerach.

Roedd amheuon Swyn yn chwyrlïo yn ei phen o weld ei ofal ystyriol tuag ati. Ond penderfynodd ymddiried ynddo, er na wyddai pam; nid oedd ganddi reswm dros ymddiried ynddo – roedd hynny'n bendant!

'Gwrandewch, Mr Lewis. Mi ddo' i allan efo chi, ond does dim rhaid i chi dalu am bryd o fwyd i mi, mi fyddai diod yn gwneud y tro yn iawn,' meddai.

Gwenodd eto. 'Na, does dim rhaid i mi, ond mi hoffwn i. Hyd yn oed ar adeg fel hyn mae gen i hawl i ofyn i ferch ifanc ddel ddod allan am bryd o fwyd efo fi, does?' Ochneidiodd Swyn a gwgodd Caron yn bryderus wrth geisio darllen ei meddwl. 'Efallai fod cymdeithas yn disgwyl i rywun alaru am gyfnod penodol ar ôl colli rhywun annwyl, ond fu gen i erioed fawr ddim i'w ddweud wrth farn cymdeithas mae gen i ofn. Ond wrth gwrs, os oes arnoch chi ofn i bobl siarad . . . '

Gwridodd Swyn wrth ysgwyd ei phen. 'Dim o gwbl! Lle a phryd? Mi fydda i yno.'

'Diolch, Swyn.' Roedd cynhesrwydd diffuant yn ei lais. A dweud y gwir, synnai Caron ato'i hun a gwylltiodd oherwydd ei ymateb i'r ferch yma yn y cnawd. Gwyddai, wrth gwrs, fod yr holl seboni a'r cwrteisi a'r dwyster yn berfformiad campus ond gwaetha'r modd, doedd o ddim wedi teimlo ei fod wedi gorfod ffugio'r peth o gwbl.

Edrychodd ar Swyn – roedd hi mor ddigynnwrf ond eto'n gythryblus. Roedd y gwrid yn ei bochau'n tynnu sylw at eu siâp hardd . . . Rhyw ddiwrnod roedd hi'n mynd i fod yn wraig hardd iawn, unwaith y byddai wedi aeddfedu a dod i ddeall grym ei benyweidd-dra'n iawn . . . Roedd o'n gadael i'w feddwl redeg ar ras! Wnâi hynny mo'r tro! Daeth yma i gyflawni un orchwyl, ac un orchwyl yn unig. Nid dyma'r amser i anghofio am y dicter a'r chwerwder a'i gyrrodd yma.

Chwiliodd am y teimladau hynny; oedd, roedden nhw yno o hyd o dan y mwgwd o gwrteisi a wisgodd er ei mwyn hi, yn abwyd i'w denu i'r magl. Roedden nhw'n llosgi mor ffyrnig ag erioed wrth iddo fwydo'r darlun o Swyn yn sefyll yn y llys mor ddigynnwrf, mor hunanfeddiannol i'r fflamau! Doedd ond raid iddo feddwl am hynny i'w gynddeiriogi unwaith eto.

'Beth am nos fory? Mi ddo' i heibio am wyth.'

'Iawn.' Dychrynwyd Swyn gan ei beiddgarwch ei hun wrth iddi dderbyn ei gynnig mor rhwydd, ond roedd hi wedi cael llond bol ar ei chwmni ei hun. Am y tro cyntaf ers talwm roedd hi'n teimlo'n unig iawn ac roedd meddwl am fynd allan am bryd o fwyd yn apelio'n arw. Cododd oddi ar y soffa gan roi terfyn ar y sgwrs. 'Rŵan, os nad oes ots gennych chi, Mr Lewis, mae'n rhaid i mi . . . '

'Caron, plis.' Cododd yntau a rhoddodd ei ddwylo yn ei bocedi. Roedd o fodfeddi'n dalach na Swyn. 'Dydan ni ddim yn y llys rŵan, nac ydan? Does dim rhaid bod mor ffurfiol . . . a plis, galwa fi'n "ti".'

Wrth y drws ffrynt, estynnodd Caron ei law i Swyn ac fe gydiodd hithau ynddi i'w hysgwyd. Wrth gyffwrdd â'i groen, teimlodd iasau dyfnion yn treiddio drwy'i chorff. Ceisiodd guddio hynny rhagddo.

'Hwyl rŵan, Caron.' Teimlai'n anghyfforddus wrth ddweud ei enw.

'Wela' i di fory, Swyn.' Rhedodd i lawr y grisiau o ddrws y

tŷ Edwardaidd at ei gar oedd ar y stryd islaw. Trodd hithau a chaeodd y drws. Cerddodd yn ôl drwy'r cyntedd, yn ôl i'w hystafell ac yn ôl at ei desg i ganol diogelwch cysurus ei llyfrau.

Tri

Am weddill y dydd, eisteddodd Swyn gan syllu'n freuddwydiol ar ei gwaith ac yn ystod y nos, bu'n effro iawn wrth iddi ailchwarae'r sgwrs afreal drosodd a throsodd yn ei phen. Gwrandawai ar y geiriau gan chwilio am ystyron cudd y tu ôl iddynt.

Roedd her newydd yn ei hwynebu, roedd hynny'n amlwg, ond doedd hi ddim yn sicr ynghylch union natur na maint yr her honno hyd yn hyn. Roedd bwriadau Caron yn sicr yn hunanol, ond am ryw reswm anesboniadwy, doedd Swyn yn malio dim. Oherwydd cryfder ei bersonoliaeth ef a rhyw angen dwfn y tu mewn iddi hi ei hun, doedd ganddi ddim dewis. Roedd hi wedi dilyn y llwybr diogel bob tro yn y gorffennol; bob amser wedi mynd i'w chragen wrth i gyfle o'r fath godi'i ben, ond nid y tro hwn. Roedd hi'n barod i fentro yn awr, i fentro'i bywyd. Doedd dim amheuaeth bod Caron yn meddwl y gallai ei defnyddio hi at ei ddibenion rhyfedd ei hun, ond fe allai dau chwarae'r un gêm!

Roedd Swyn yn hen barod pan ganodd cloch y drws am wyth o'r gloch ar ei ben y noson ganlynol. Yn barod yn y dillad oedd yn rhoi iddi rhyw hyder grymus: siwt ysgafn o liain glas a'r sgert hir yn llifo'n donnau rhydd, a phar o sandalau ysgafn. Gyda breichled arian am ei harddwrn, ychydig fasgara a minlliw ar ei hwyneb yn fwgwd i guddio y tu ôl iddo a chribiad egnïol i'w gwallt golau, gwyddai y gallai wynebu'r byd, neu wynebu Caron o leiaf – ni theimlai fod 'na fawr o wahaniaeth rhwng y ddau beth ar yr eiliad honno!

Canodd y gloch unwaith eto. Doedd o ddim yn ŵr

amyneddgar. Safodd Swyn yn gwbl lonydd yn y cyntedd am rai eiliadau i geisio dod ati'i hun ac yna cerddodd yn ei blaen yn hyderus at y drws ffrynt, gan godi ei bag llaw ar y ffordd.

Roedd Caron yn aros amdani, gan ymddangos yn ddifater wrth bwyso ar un o bileri'r cyntedd allanol. Ar yr olwg gyntaf, edrychai'n drawiadol iawn (fel arfer) gyda'r mop o wallt tywyll du; ond doedd o fawr taclusach na'r diwrnod cynt, ond bod ei ddillad yn fwy trwsiadus. Jîns brown y tro hwn a chrys cotwm a'i wddf yn agored, a siaced hufen yn hongian yn ddiofal dros un ysgwydd. Syllodd Swyn arno, gan sylwi i ddechrau ar y croen tywyll a'r blew du trwchus ar ei freichiau a'i wddf, cyn ei gorfodi ei hun i edrych ar ei wyneb.

Edrychai'n llonydd a heddychlon. Roedd beth bynnag oedd yn digwydd oddi tan yr wyneb hwnnw yn cuddio y tu ôl i fwgwd digyffro. Fe archwiliodd y llygaid tywyll Swyn yn yr un modd ag y bu iddi hithau ei archwilio ef, yn araf ac yn graff.

'Noswaith dda, Swyn.' Roedd y llais treiddgar wedi'i reoli'n ofalus i gyd-fynd â'r ymddangosiad allanol.

'Helo Caron.' Ni wenodd Swyn ond nodiodd ei phen cyn ysgwyd ei gwallt sgleiniog oddi ar ei hwyneb a chychwyn i lawr y grisiau o'i flaen.

Safodd yntau wrth y drws, ei lygaid yn culhau wrth iddo ganolbwyntio ar ei siâp fel yr âi ymhellach oddi wrtho; y cerddediad ysgafn, penderfynol; y cefn main, syth. Yna, brasgamodd y tu ôl iddi er mwyn cyrraedd y car mewn pryd i agor a dal y drws iddi fynd i mewn, gyda rhyw fymryn o ddychan yn yr ystum.

'I ble'r ydan ni'n mynd?' Gwnaeth Swyn ei hun yn gyfforddus yn ei sedd cyn ymbalfalu'n aflwyddiannus am fwcwl ei gwregys ddiogelwch. 'Mi fedra' i wneud yn iawn fy hun, diolch yn fawr,' medai'n biwis wrth i Caron ymestyn ar ei thraws i dynnu'r gwregys i'w le.

'Medri, dwi'n siŵr,' atebodd yn goeglyd gan gau ei wregys ei hun. 'Bwyd Eidalaidd. Gobeithio fod hynny'n plesio?' Taniodd y car.

Edrychodd Swyn arno yn y golau llwyd a ddeuai drwy'r

ffenest. Teimlai rhyw gwlwm o bryder yn gymysg â chyffro'r edrych ymlaen yn bygwth chwalu ei hymddangosiad digyffro. 'Oes gen i ddewis?'

Gwenodd Caron arni wrth newid gêr.

'Nac oes. *Spaghetti* neu *spaghetti.'*

'Neu *lasagne* neu *cannelloni* neu *ravioli.'*

'Ia! Neu *pizza,* neu'r cyw iâr mewn saws gwin a hufen gorau yr ochr yma i Milan, neu'r salad madarch gorau yn y byd. Ac am y *gelati* . . . !' Tynnodd ei law chwith oddi ar y llyw yn ddigon hir i rwbio ei fys a'i fawd yn ei gilydd wrth feddwl am yr holl fwyd blasus.

'Dwi wrth fy modd efo hufen iâ hefyd.' Clywodd Swyn ei hun yn chwerthin yn nerfus, ond gydag elfen o ryddhad o ddarganfod bod ganddynt un peth yn gyffredin rhyngddynt o leiaf. 'Mae o'n swnio'n wych,' ychwanegodd gan droi ato, ac yna, yn fwy difrifol, 'Mi faswn i wedi dy helpu heb hyn i gyd wyddost ti. Nid dyma'r amser gorau i ti fod yn . . . '

'Be? Yn galifantio ar hyd y lle? Cymdeithasu?' Roedd o'n swta, ond heb fod yn chwerw. 'A pham lai? Dwi wedi dweud wrthat ti, dydw i mo'r teip i fod yn galaru y tu ôl i ddrysau caeedig. Gwisgo du a gwneud rhyw sioe fawr. Ac os ydi o o unrhyw gysur i ti, Swyn, doedd Helen ddim chwaith! Dim pan oedd hi'n byw efo fi beth bynnag. Rhwng y pyliau o iselder neu'r pyliau gorffwyll, roedd hi'n un dda iawn am foddi'i gofidiau gyda dôs o fyw yn dda.'

Roedd ei ddatganiad yn un digon syml, gwybodaeth ddilol, ond gallai Swyn synhwyro'r boen oedd yn cuddio dan yr wyneb. Astudiodd amlinelliad tywyll Caron yn erbyn goleuadau prysur y ddinas y tu allan. Ymddangosai'n ddigyffro iawn wrth iddo yrru'r car drwy'r traffig. Doedd dim rhychau i'w gweld ar ei dalcen ac roedd ei lais wedi bod yn wastad a chadarn drwy gydol y sgwrs, ond eto roedd rhyw dinc sarrug i bopeth a ddywedai.

Llyncodd Swyn ei phoer yn anesmwyth. Roedd Caron wedi ei thaflu'n ddirybudd i ganol yr hyn yr oedd y ddau yn mynd i'w drafod y noson honno heb unrhyw ragymadroddi. Ond wedi'r cwbl, roedd o wedi dangos iddi'n berffaith glir o'r cychwyn mai dyna oedd holl ddiben y noson. Roedd o wedi dod â hi yma i rannu manylion am fywyd Helen gyda hi, nid ei marwolaeth drist yn unig, a doedd o ddim yn un i droi ei draed. Edmygai Swyn onestrwydd fel rheol, ond roedd hi'n rhyfedd pa mor anesmwyth y teimlai yng nghwmni Caron Lewis a'i onestrwydd di-flewyn-ar-dafod.

Meddyliodd yn ofalus cyn ateb. Yna trodd ato ac roedd ei llais yn gryg wrth iddi geisio rheoli ei chydymdeimlad.

'Roedd hi'n ddynes anodd felly, oedd hi . . . i fyw efo hi?'

Tro Caron i droi i wynebu Swyn oedd hi'n awr. 'Nid wyneb del yn unig wyt ti, nage?' cyfarthodd. 'O ystyried dy fod mor ifanc a thyner, mi rwyt ti'n sensitif iawn!'

Roedd o fel petai'n casáu'r rhinwedd yma ynddi, yn hytrach na'i werthfawrogi. 'Dydw i ddim mor ifanc â hynny,' protestiodd Swyn.

'Gad i mi ddyfalu.' Ysgafnhaodd Caron ei lais yn fwriadol ond daliodd i'w hastudio'n fanwl wrth iddynt oedi wrth oleuadau traffig. Teimlai ei hwyneb yn gwrido dan bwysau ei edrychiad. 'Un ar hugain? Dwy ar hugain?'

'Tair ar hugain a dweud y gwir; bron yn bedair ar hugain.'

'Agos!' Trodd i'r chwith oddi ar y briffordd ac i stryd gefn. 'Ti'n edrych mor – ddiniwed,' meddai'n dawelach, wrtho'i hun bron. 'Yn fawr mwy na hogan fach, ond eto, rywsut, mi rwyt ti fel pe baet ti'n deall beth ydi dioddef.'

Trodd Swyn ei phen i edrych allan drwy'r ffenest. Diffoddodd Caron yr injan a synfyfyrio yn y tawelwch sydyn, gan syllu ar ei ddwylo oedd yn dal i orffwys ar y llyw. Yna deffrodd o'i synfyfyrdod. 'Tyrd yn dy flaen!' gorchmynnodd. 'Dwi ar lwgu!'

'O! Ydan ni yma?' Gyda pheth rhyddhad, cerddodd Swyn gydag ef i'r bwyty. Doedd dim gwahaniaeth ganddi hi i ba gyfeiriad yr oedd pethau'n mynd.

Bu'r awr nesaf yn un ddigon cysurus i'r ddau. Y bwyd oedd i gyfrif am hynny efallai, yn flasus iawn ac wedi'i weini'n hyfryd, neu'r *Valpolicella* a ddaeth gydag o ac a lithrai i lawr y gwddf mor felys. Waeth beth oedd y rheswm, roedd yr awyrgylch yn ysgafn braf a'r sgwrs yn llifo. Parhaodd Swyn yn effro iawn i bob sylw ond gan fwynhau ei hun ar yr un pryd.

Roedd Caron ar ei orau, yn feistr ar greu gwahanol gymeriadau. Heno, roedd yn rhaid iddo actio'r cymar gwrywaidd sylwgar ac roedd o'n chwarae ei ran yn berffaith, ond pe bai'n bod yn onest ag ef ei hun, nid oedd yn gorfod actio llawer. Roedd y ferch yn fywiog, yn ddiddorol, yn ddeallus, yn wybodus ac yn siaradus iawn hefyd unwaith yr oedd gwydraid neu ddau o win wedi llacio'r dafod fechan yna.

Ac yn ddeniadol iawn iawn. Fe'i hastudiodd yn slei wrth iddi lafoerio uwch y dewis bendigedig o bwdinau. Roedd y sgwrsio wedi dod â sglein i'w llygaid llwydlas ac wedi rhoi lliw yn ei gruddiau golau. Gwnaeth Caron ei waith yn dda! Roedd hi'n aeddfedu o flaen ei lygaid.

Ond doedd fiw iddo anghofio am ei ddicter. Doedd dim diben cael cystal hwyl â hyn ar dwyllo'i ysglyfaeth os oedd o'n colli'i reolaeth haearnaidd arno'i hun ar yr un pryd. Po fwyaf yr oedd ef yn ei hannog hi i ryddhau ei grym benywaidd cudd, po fwyaf y gallai ei rym gwrywaidd ef wanhau.

Wrth fwyta'i bwdin, a chan ymddangos yn galetach yn awr, pwysodd Caron ar Swyn i ailadrodd yn fanwl hanes y ddamwain a welodd ar ymyl y clogwyn. Dan ddylanwad y gwin, roedd Swyn yn barod iawn i gydweithredu. Doedd mynd yn ôl drwy'r digwyddiadau ddim mor anodd mewn gwirionedd – ac nid dim ond dweud wrth Caron beth a welodd a wnaeth Swyn, ond dweud ei meddyliau ar y pryd hefyd.

Gwrandawai yntau'n astud ac yn amyneddgar, gan fynnu clywed pob manylyn. Cynhesai hithau tuag ato: efallai ei bod wedi bod yn rhy feirniadol ohono o'r blaen, yn paranoid hyd yn oed? Roedd o wedi dioddef yn arw, roedd hynny'n amlwg, ac mae'n bur debyg y byddai'n dweud mwy wrthi am hynny ymhen amser. Roedd o'n siŵr o fod yn groendenau ac fe ddylai hithau gofio hynny.

Wedi iddo orffen holi ei gwestiynau i gyd, a hithau wedi

ateb cymaint ag y gallai, nodiodd ei ben yn araf gan roi ei lwy i lawr ar y bwrdd. 'Dwi'n gweld.' Syllodd ar y llwy. 'Mae'n swnio fel llanast llwyr.' Ochneidiodd. 'Ond fyddwn ni byth yn gwybod yn iawn beth oedd yn mynd drwy'i meddwl hi.'

Wedi ysbaid o dawelwch, plygodd Swyn tuag ato. 'Ydi hyn yn help, Caron?'

'Help?' Edrychodd arni, daeth yn ôl i'r presennol gan wgu, yn union fel petai'r syniad o help yn un hollol chwerthinllyd. Yna gwenodd. 'Wrth gwrs ei fod o'n help! Dyna pam dwi wedi dy lusgo di yma yntê? A'n llusgo ni'n dau drwy'r digwyddiad poenus yna eto . . . i mi allu 'mherswadio fy hun bod yr holl beth wedi digwydd go iawn . . . '

'Ac wyt ti wedi gallu perswadio dy hun? Wyt ti'n teimlo'n well?'

Tynhaodd Caron ei wefusau. 'O ydw. Mae'r ffeithiau'n dweud y cyfan. Isio dy glywed di'n eu dweud nhw unwaith eto oeddwn i, mewn rhywle brafiach na'r llys 'na . . . o flaen yr holl bobol.'

Roedd hynny'n swnio'n rhesymol. Magodd Swyn hyder o rywle a phwyso mwy arno. 'Roeddet ti'n dweud dy fod ti isio siarad mwy am Helen – dweud rhywbeth wrtha' i am eich bywyd chi'ch dau efo'ch gilydd . . . '

Trodd ei wedd yn sarrug unwaith eto, nes ei bod hithau'n difaru bod mor hy. 'Beth hoffet ti ei glywed?'

'Dim! Dim byd! Ti ddwedodd . . . Roeddwn i'n meddwl dy fod ti isio . . . '

'Oeddwn, mi roeddwn i isio.' Ceisiodd gael gwared â'r tyndra oedd yn corddi o'i fewn wrth iddo synhwyro ei thyndra hithau. Roedd o wedi mynd i'r fath drafferth i'w swyno i'r cyflwr hwn o fod yn ffrind y gallai ymddiried ynddi; byddai'n drueni difetha'r cwbl yn awr, ar amrantiad!

Gwyrodd Caron yn ôl yn ei gadair yn feddylgar. Gwyliodd ac arhosodd Swyn yn eiddgar wrth iddo ymbaratoi. Yna dechreuodd fwrw iddi.

'Roedd Helen yn wahanol i bawb arall, yn gymeriad

unigryw iawn. Wyddet ti fyth beth wnâi hi nesaf. Mi wnaethon ni gyfarfod yn ein blwyddyn gyntaf yn yr ysgol ddrama. Roedd hi'n arweinydd naturiol, talentog . . .'

'Ac mi roeddet tithau'n debyg iawn iddi hefyd?'

'Yn union.' Gwenodd Caron. 'Ar y llwyfan ac oddi arno. Roedd pawb yn dweud ein bod ni'n gweddu i'n gilydd i'r dim. Mi wnaethon ni chwarae'r cymeriadau clasurol i gyd: Llywelyn a Siwan, Antony a Cleopatra, Romeo a Juliet . . . a sawl rhan modern . . . weithiau roedd hi'n anodd gwybod lle'r oedden *ni* fel pobol go iawn yn gorffen a'r cymeriadau llwyfan yn dechrau.' Nodiodd Swyn, ond roedd Caron yn syllu drwyddi yn hytrach nag arni, yn union fel pe bai hi'n ysbryd a'r rhithiau hyn yn ei feddwl yn greaduriaid go iawn. 'Mi ddechreuodd y problemau pan symudon ni i fyw hefo'n gilydd. Paid â 'nghamddeall i Swyn – doedd Helen ddim yn anwadal drwy'r amser – roedd hi'n cael pyliau domestig iawn hefyd. I fyny ac i lawr fel y rhan fwya' ohonom ni. Ond pan oedd hi mewn hwyliau da, roedd hi mewn hwyliau eithriadol o dda. Pan oedd rhywbeth yn ei chyffroi hi . . . wel, roedd hynny'n wych! Ar y llwyfan neu oddi ar y llwyfan, gallai actio ei ffordd i galon unrhyw un.' Roedd rhyw dinc hiraethus iawn i'r saib a ddilynodd ac fe waedai calon Swyn drosto. 'Gallai Helen fod yn rhyfeddol ar lwyfan. Ond oddi tan yr holl gyfaredd dramatig . . . ' cododd ei ysgwyddau, yn llawn tyndra eto, ' . . . ansicrwydd personol! Ac fel nifer o berfformwyr llwyddiannus, roedd hi'n cuddio'r ansicrwydd hwnnw. Rhyw fath o wacter oedd o am wn i. Rhyw deimlad bod popeth yn ofer; methu gweld diben mewn unrhyw beth, nac ynddi hi ei hun.'

Roedd y tawelwch yn llethol y tro hwn. Er mai am Helen yr oedden nhw'n siarad, gwyddai Swyn rywsut fod Caron yn disgrifio ei brofiadau ei hun hefyd. *Fel cymaint o berfformwyr llwyddiannus* . . . Ai dyna pam yr oedd rhai ohonyn nhw'n mynd ar lwyfan yn y lle cyntaf: i ddianc rhag pwysau ansicrwydd mewnol bywyd go iawn?

'Beth oedd yn digwydd yn ystod . . . yn ystod y cyfnodau isel?' mentrodd Swyn.

'Isel?' holodd Caron heb ddeall yn iawn, ac yna, 'O!, wela' i be wyt ti'n feddwl. Roedd hi'n colli'i phlwc, yr holl egni emosiynol, lloerig 'na. Ac mi roedd hi un ai'n cuddio gartref, neu – yn amlach na pheidio – yn mynd i ffwrdd ac yn cael hyd i rywbeth neu rywun i'w difyrru . . . i'w chysuro . . .' Cywirodd ei hun yn sur. 'Doedd ein cyd-thesbiaid byth yn gwrthod amser da, yn enwedig os mai *hi* oedd yn cynnig. Roedden nhw'n gwybod yn iawn ein bod ni'n cyd-fyw, yn gwpwl, ond . . .'

Roedd hwn yn fater chwerw. Daeth rhyw olwg sur i'w wyneb, yn union fel petai'n blasu'r chwerwder, ac ar yr un pryd, heb allu cuddio ton o ddicter mewnol, cydiodd yn y fforc agosaf a'i gwasgu'n dynn a'i phlygu rhwng ei fys a'i fawd.

'Hei! Ara' deg Yuri Geller! Mi gawn ni'n gyrru o 'ma!' Ond roedd llygaid a llais Swyn yn addfwyn ac yn llawn pryder. Yn anymwybodol bron, estynnodd ei llaw ar draws y bwrdd a'i gosod yn gysurlon ar ei law ef. 'Ar ôl i chi briodi oedd hyn?' gofynnodd wedyn wedi i Caron ryddhau ei afael, rhoi'r fforc i lawr ac edrych arni gyda gwên annirnad.

'Mi wnaethon ni briodi'n fuan iawn; yn fuan ar ôl gadael y coleg. Cwlwm oes – neu dyna oeddwn i'n ei feddwl ar y pryd beth bynnag.' Gwgodd Caron eto ac roedd rhyw olwg hunanedifar ar ei wyneb y tro hwn, yn union fel pe bai modd iddo ddadwneud y penderfyniad annoeth hwnnw nawr hyd yn oed, wedi'r holl amser, drwy ei ddadansoddi. 'Roedd hi'n rhy hawdd o lawer i ni gredu bod yr holl ddealltwriaeth artistig yna, yr empathi, yn gariad.'

Syllodd yn flin ar Swyn wrth iddo yngan y gair 'cariad' yn ddirmygus. 'A'r rhyw . . . ' Aeth yn fwy di-chwaeth yn awr. 'Roedd o mor ffantastig, yn enwedig ar y dechrau. A phwy oedden ni i wrthod y fath angerdd anhygoel? Gwnaeth hwyl ar ben ei ddelwedd ei hun, y fersiwn ieuanc ohoni. 'Do, mi briodon ni tua wyth mlynedd yn ôl, Swyn. Roedden ni'n dau yn dair ar hugain. Yr un oed â ti.' Roedd rhyw hiwmor eironig yn ei lais wrth iddo ddweud hynny. 'Yn ddigon hen i wybod ein meddyliau ein hunain. Ond dydi pawb sy'n ifanc ddim mor ddoeth â chi, Miss Morgan!'

Ymdawelodd gan guchio. Ond roedd Swyn wedi ymgolli gormod o lawer yn ei stori i boeni am ei goegni diniwed. 'Pryd aeth pethau o chwith go iawn 'te? Mae'n rhaid eich bod chi wedi gwneud rhyw ymdrech . . . '

'O do, mi ddaru ni gadw pethau i fynd. Roedd Helen ar fin gadael hefo rhyw ddyn arall drwy'r amser, bron. Roedd arni hi angen yr amrywiaeth meddai hi. Y cyffro'n fwy na dim arall ddwedwn i! Digon tebyg i fod ar lwyfan a dweud y gwir,' meddai wrth edrych yn ôl, fel petai hon yn hen gân ac yntau'n gwrthod gadael iddi ei gynhyrfu erbyn hyn. 'Yr adrenalin, y tensiwn nerfol, y newydd-deb parhaus. Roedd o'n rhan o'i natur hi am wn i. Fedrai hi ddim rhoi'r gorau iddo fo. Waeth beth oeddwn i'n ei wneud neu'n ei ddweud . . . '

'A beth amdanat ti, Caron?' Roedd Swyn wedi ymgolli digon i fod yn hy arno. 'Rwyt tithau'n actor hefyd. Oeddet ti'n teimlo'r un fath – yn teimlo . . . '

'Oeddwn i'n teimlo rhyw ysfa rywiol i fynd ar ôl merched eraill?' Llygadodd hi, ac unwaith eto roedd o'n ymddangos fel petai'n cael ei ddifyrru gan ei sylwadau. 'Os oedd hi'n cael rhyw damaid bach ar y slei, roedd hi'n iawn i minnau gael yr un fath, ai dyna wyt ti'n ei awgrymu? Dwi'n synnu atat ti Swyn!' Ond ysgydwodd Swyn ei phen, heb gynhyrfu, a throdd yntau'n fwy difrifol unwaith eto. 'Na, dydw i ddim yn hoffi'r math yna o beth . . . mae gen i syniadau henffasiwn iawn ti'n gweld, ynghylch ffyddlondeb ac ymrwymiad a phethau felly. Gei di ei alw'n hurtni, ond dydw i erioed wedi bod yn un am berthynas ddiystyr. Ar y llaw arall,' aeth yn ei flaen, gan barhau i'w gwylio'n ofalus, 'doedd ein perthynas rywiol ni ddim yn un wych iawn yn ystod y blynyddoedd olaf . . . cyn iddi hi 'ngadael i yn y diwedd hynny ydi. A dweud y gwir, doedd y fath berthynas ddim yn bodoli o gwbl! A chan fod gen innau lawer o egni i'w ryddhau fel pawb arall; a chan fod gen i'r egwyddorion moesol rhyfedd 'ma – wel, mi wnes i ymroi fy hun yn llwyr i weithgareddau eraill.'

'Pa fath o weithgareddau?'

'Y math sy'n gwneud i adrenalin bwmpio! Bod ar lwyfan, ond ei fod yn llwyfan llai cyhoeddus. Gleidio. Mi ddylet ti 'ngweld i wrthi – mae 'na leoedd gwych yn y canolbarth ar gyfer hynny. A bwrddhwylio, parasiwtio, hedfan, abseilio . . . mynydda . . . rasio ceir cyflym . . . dwi wedi rhoi cynnig ar y cwbwl!' cyhoeddodd, gan wenu yn awr.

'Oedd hynny'n poeni Helen?' Byddai wedi poeni Swyn yn sicr! Byddai'n dychryn am ei bywyd pe bai rhywun agos ati yn mentro cymryd rhan mewn gweithgareddau mor beryglus. Ond nid Swyn oedd Helen, a doedd fawr ddim yn gyffredin rhyngddyn nhw yn ôl pob tebyg.

'Ei phoeni hi?' Edrychodd Caron yn syn arni, fel pe na bai wedi ystyried hynny o'r blaen. 'Dim o gwbl, hyd y gwyddwn i.'

'Felly, wnest ti roi'r gorau i hynna i gyd, neu wyt ti'n dal i fentro?'

Roedd y cwestiwn yn un digon syml ond doedd Caron ddim wedi ei ddisgwyl. 'Rŵan? Nac ydw siŵr! Mi roddais i'r gorau iddi pan . . . '

Distawodd yn ddirybudd ac yn swta gan symud oddi wrthi nes ei fod yn eistedd yn ôl yn ei gadair. Caeodd ei wefusau'n dynn, yn un llinell flin; oerodd ei lygaid gan newid yn llwyr am y tro cyntaf mewn hanner awr.

Roedd fel pe bai wedi anghofio ble'r oedd o: gyda phwy yr oedd o'n siarad ac yn rhannu'i ofidiau'n gwbl rhydd. Ceisiodd adfer y sefyllfa ac aeth i'w gragen unwaith eto. Edrychai'n flin iawn, ond gydag ef ei hun yn hytrach na chyda hi, doedd bosib?

Mentrodd Swyn orffen ei frawddeg. 'Pan ddaru Helen dy adael di? Wyth mis yn ôl?'

Syllodd Caron arni am eiliad ac yna nodiodd ei ben, ei aeliau'n drymion. 'Ia, yn union! Pan adawodd hi. Dyna pam . . . dyna pryd roddais i'r gorau i'r holl fentro. Wrth gwrs.'

Ond nid oedd wedi argyhoeddi Swyn. Swniai'n rhy

hyderus ac fe gredai Swyn ei fod yn cuddio rhywbeth oddi wrthi. Rhywbeth nad oedd o am ei rannu â hi yng nghanol yr holl hanes onest hwn am ei orffennol.

Ond ni holodd Swyn ymhellach. Pam ddylai hi? Roedd ganddo berffaith hawl i ddweud yr hyn a fynnai wrthi – yr hyn yr oedd o am iddi ei wybod – a chadw'r gweddill iddo'i hun. Neu ar gyfer rhyw dro eto yn y dyfodol efallai, pe bydden nhw'n ailgyfarfod? Y funud honno, roedd Swyn yn gobeithio'n fawr y byddai hynny'n digwydd. Bu ganddi ddiddordeb yn y natur ddynol erioed, ac fe hoffai gael gwybod mwy. Ond nid hynny'n unig chwaith: roedd ganddi ddiddordeb mawr yn Caron hefyd.

Felly, cymerodd arni dderbyn ei eglurhad swta a nodiodd ei phen yn bwyllog gan geisio'i hatgoffa ei hun ei fod o'n siŵr o fod dan straen wrth sôn am Helen yn ei adael. Efallai ei fod o wedi hen ddisgwyl iddi fynd; doedd dim amheuaeth fod y cyfan wedi bod yn rhyddhad iddo, mewn ffordd. Ond roedd Caron yn ŵr balch ac roedd yr hyn a wnaeth ei wraig wedi tolcio'r balchder hwnnw.

'Pam oedd Helen mor ansicr, tybed?' mentrodd yn araf. 'Pam oedd arni angen y fath sylw?'

Roedd Caron yn barod am y cwestiwn hwn ac yn wir, roedd o'n falch iawn o glywed Swyn yn ei ofyn er mwyn iddo gael troi'r stori. 'Hawdd! Wnaeth hi erioed gadw'r peth yn gyfrinach. Roedd hi wrth ei bodd yn dweud wrth bobol. Os oedd hi wedi bod yn gweld seicolegydd yng Nghaerdydd cyn iddi . . . cyn y ddamwain, mae'n siŵr ei fod o wedi cael yr hanes i gyd ganddi, o'r dechrau i'r diwedd,' meddai Caron yn sych. 'Mi gafodd Helen ei gyrru i ysgol breswyl pan oedd hi'n ifanc iawn,' eglurodd. 'Roedd ei rhieni'n gweithio dramor ac yn teithio i'r Dwyrain Pell a lleoedd tebyg. Felly, dyma nhw'n ei hanfon hi i'r wlad yma. Ei hunig berthnasau oedd taid a nain mewn oed, a doedd ganddi fawr o feddwl ohonyn nhw.'

'Wela' i!' Roedd hynny'n gwneud synnwyr i Swyn ac yn taro'n boenus o gyfarwydd; yn fwy personol nag a wyddai ef.

Yn sydyn, teimlodd Swyn ei bod hi'n hen bryd iddi drosglwyddo dipyn o'r sylw oddi wrth Caron, ei broblemau a'i brofiadau, ac arni hi. Fyddai hi byth yn siarad amdani hi ei hun fel arfer, ond roedd heno'n wahanol, yn ei gwahodd i agor ei chalon rywsut.

Gan wyro'n ôl yn ei chadair, syllodd arno ar draws y bwrdd. 'Yn rhyfedd iawn, mi ge's innau fy magu gan fy nhaid a nain hefyd.'

Doedd dim tristwch yn ei llais ond gwelodd Caron yr emosiwn yn ei llygaid. Eisteddodd i fyny yn ei gadair a gwrandawodd yn fwy astud ar ei geiriau yn awr. 'Do wir? Sut felly?'

'Mi gafodd fy rhieni eu lladd,' meddai'n ddi-flewyn-ar-dafod gan syllu i fyw ei lygaid ef. 'Mewn damwain car.'

'Rargian fawr!' Am eiliad, roedd y mwgwd wedi'i ddiosg. 'Mae'n ddrwg gen i, Swyn,' ychwanegodd yn gryg. 'Doedd gen i ddim syniad, neu faswn i fyth wedi . . . '

'Wrth gwrs nad oedd gen ti syniad. Sut fedret ti wybod?'

'Dyna ni!' Cuddiodd ei letchwithdod â jôc. 'Mi ddwedais i dy fod ti wedi dioddef, do?'

'Dydi o ddim yn cyfri a dweud y gwir. Dim ond blwydd oed oeddwn i; dydw i'n cofio dim am y peth. Dim ond trwy luniau dwi'n eu hadnabod nhw. Dydyn nhw ddim yn real i mi.'

'Chwiorydd, brodyr? Rhywun i rannu'r lluniau?'

'Na. Unig blentyn ydw i. Roedd fy rhieni yn eu tridegau pan ge's i 'ngeni. Roedd rhieni fy mam yn eu pumdegau hwyr pan e's i atyn nhw ond roedden nhw'n wych efo fi. Che's i mo f'amddifadu o gariad nac o ddim byd arall. Mi ge's i blentyndod gwerth chweil. Doedden nhw ddim yn gyfoethog iawn, ond ddaru mi erioed orfod gwneud heb ddim byd.'

Roedd Swyn yn benderfynol o ddatgelu ychydig am ei bywyd, am unwaith; ond roedd ei llais yn crynu er gwaethaf ei rheolaeth gadarn drosto drwy gydol y noson.

Roedd Caron yntau'n ymwybodol iawn o'i theimladau ac

roedd o hefyd wedi sylwi arni'n cyfeirio at ei thaid a'i nain fel pe baen nhw bellach yn rhan o'i gorffennol. 'Ydyn nhw wedi marw, Swyn?'

Ochneidiodd a nodiodd ei phen. 'Mi fu'r ddau farw tua thair blynedd yn ôl. Roeddwn i'n gwneud fy nghradd gyntaf yng Nghaerdydd ar y pryd. Roedden nhw'n agos iawn – wedi bod erioed. Pan fu Nain farw o ganser, mi gollodd Taid yr awydd i ddal ati rywsut ac . . . '

Tro Caron oedd hi'n awr i estyn ei law ar draws y bwrdd i gyffwrdd â'i llaw hi. Prin y sylwodd Swyn arno; roedd ei gyffyrddiad mor ysgafn, ond eto, fe'i teimlai'n angerddol, yn ddwfn y tu mewn iddi.

'Cariadon go iawn mae'n rhaid.' Sylwodd Swyn ar y tinc hiraethus yn ei lais unwaith eto. 'Swyn druan! Yn colli dy fam – dy rieni,' cywirodd ei hun yn gyflym fel pe bai'r camgymeriad yn hollbwysig. 'Mor ifanc. Yn ddim o beth bron.'

'Roedd colli Taid a Nain yn llawer gwaeth,' meddai, wedi rhai eiliadau tawel. 'Nhw oedd fy rhieni i mewn gwirionedd.'

'Ia.' Roedd Caron fel pe bai'n ceisio rhoi trefn ar ei feddyliau preifat ei hun. 'Mae teidiau a neiniau yn gallu bod yn wych. Fe all fod yn berthynas dda iawn.'

Cododd Swyn ei phen i edrych arno, yn llawn chwilfrydedd er gwaetha'r holl emosiynau oedd wedi dod i'r wyneb. Synhwyrodd fod Caron yn canolwyntio'n galed iawn; yn defnyddio'i holl ewyllys i geisio cael gwared â meddyliau drwg.

'Dim rhagor o deulu?' croesholodd Caron. 'Ffrindiau? Ewythrod a modrybedd? Neb arall y gelli di droi atyn nhw pan fyddi di angen clust i wrando?'

'Neb mewn gwirionedd. Mi fu 'nhaid a nain arall i farw flynyddoedd yn ôl. Ond dwi'n iawn ar fy mhen fy hun,' meddai'n hyderus. 'Dwi wastad wedi bod yn berson reit annibynnol. Mi ddaru nhw fy magu i felly.' Roedd balchder yn y datganiad. 'Mi orffenais i 'ngradd ac yna mi dreuliais i ddwy flynedd yn gweithio ar gylchgrawn hanes naturiol yng Nghaerdydd. Doeddwn i ddim yn hoff iawn o hynny felly dyma benderfynu mynd yn ôl i'r coleg unwaith eto. Mi wnes i gais am y cwrs M.Sc 'ma ym Mangor a llwyddo i gael grant ôl-radd bychan. Dydi o'n ddim llawer ond dwi'n gallu byw yn iawn arno fo. Cwrs blwyddyn ydi o, ond mi fedra' i 'i droi o'n gwrs tair blynedd os gwna' i'n ddigon da i'w droi o'n ddoethuriaeth. Mae 'nhiwtor i'n ffyddiog iawn.'

'Beth wnaeth i ti ddewis Bangor?'

'Hwn oedd y cwrs oeddwn i isio'i wneud ac roeddwn i awydd dod 'nôl i'r gogledd. Beth bynnag, does fawr o ots gen i ble dwi'n byw. Dwi ar fy mhen fy hun – neb i 'nghlymu i i lawr.'

Gwenodd Caron. 'Dy draed di'n rhydd ydyn nhw? Dim edmygwyr? Neu wyt ti'n gorfod brwydro yn eu herbyn nhw i gyd i'w cadw nhw draw, er mwyn i ti gael canolbwyntio ar bethau gwell?'

Gwingodd Swyn am ei fod mor agos at y gwir. 'Mae gen i ddigon o ffrindiau – o'r ddau ryw.' Yn gwbl fwriadol, syllodd yn flin arno. 'Ond neb arbennig, ar hyn o bryd.'

Teimlai'n anghyfforddus wrth iddo ddal ati i'w chwestiynu. 'Dwi'n siŵr fod gen ti ddigon o gariadon yn y brifysgol?'

Cododd ei phen ac yna'i blygu'n ôl, gan wrido. Roedd o'n llawer anos i'w drin yn y dymer hon: yn herian yn awgrymog ac yn fflyrtio hyd yn oed. Roedd Swyn yn ferch ifanc gall iawn, a theimlai fod popeth fel yna'n fygythiol. Teimlai ei hun yn gwylltio. 'Mi oedd 'na rai, ond roedden ni'n rhy ifanc a ddaru'r un ohonyn nhw . . . '

'Ddod i ddim byd? Felly pwy ydi'r bobol yma wyt ti'n byw efo nhw rŵan? Dwi'n cymryd nad wyt ti'n byw yn y fflat 'na i gyd ar ben dy hun?'

'Mae Gwion a Sara'n byw efo'i gilydd. Myfyrwyr ôl-radd fel finnau ydyn nhw, yn astudio'r gyfraith, ac mae Gareth yn byw yn y fflat hefyd.'

'Gareth?' Craffodd Caron arni.

'Drwyddo fo ge's i'r ystafell. Mae o'n gweithio yr un adran â fi, ond dydi o ddim wedi graddio eto. Mae o'n perthyn i

Gwion. Beth bynnag, roedd o'n gwybod 'mod i'n chwilio am le, ac mi roedden nhw angen pedwerydd person i rannu efo nhw, felly mi weithiodd popeth yn dda i bawb.'

'Un teulu mawr hapus,' meddai Caron, yn wawdlyd braidd.

'Ddim yn hollol.' Roedd Swyn yn gwbl onest fel arfer. 'Mae Gwion a Sara yn ddigon clên; dwi'n cyd-dynnu yn dda iawn efo nhw ond maen nhw wedi ymgolli'n llwyr yn ei gilydd, felly dwi'n teimlo allan ohoni weithiau. A does gan Gareth ddim diddordeb mewn dim byd ond merched a mynd i glybiau nos. Wn i ddim sut mae o'n cael cyfle i wneud unrhyw fath o waith.' Ysgydwodd ei phen yn ddirmygus. 'Ond maen nhw'n glên iawn i gyd ac mae o'n lle braf i fyw. Doeddwn i ddim isio byw ar fy mhen fy hun os nad oedd raid.'

'Er dy fod ti mor annibynnol?' Roedd Caron yn gwneud hwyl ar ei phen yn awr ac roedd hynny'n mynd dan ei chroen.

'Mae pawb isio cwmni does? Dydi hynny ddim yn fy ngwneud i'n llai annibynnol nac ydi?' cyfarthodd.

'Nac ydi siŵr,' cytunodd Caron yn ddeifiol, gan fwynhau ei chythruddo.

Yna chwiliodd am y gŵr oedd wedi bod mor brysur yn gweini arnyn nhw drwy'r nos. 'Mi rydan ni wedi bod yn sgwrsio uwchben y cwrs yma ers oriau dwi'n siŵr, ac maen nhw'n gwrtais iawn wedi gadael llonydd i ni. Be am goffi? Neu frandi bach?'

'Coffi du os gweli di'n dda. Dwi wedi cael digon o alcohol am heno. Fydda i ddim yn yfed yn aml.' Roedd gofyn iddi gadw meddwl clir. Doedd hi ddim wedi rhagweld noson fel hon o gwbl. Wrth iddo rannu ei broblemau â hi, roedd dylanwad Caron drosti wedi tyfu a chryfhau'n araf bach; wedi treiddio y tu ôl i'w mwgwd a thrwy ei hamddiffynfeydd wrth iddi wrando'n astud arno. Ac wrth iddi ddweud dipyn o'i hanes hi ei hun wrtho, roedd ei ddylanwad wedi tyfu fwyfwy.

Ond roedd mwy na hynny hefyd. Roedd hi'n ei hoffi o. Roedd o wedi creu rhyw deimlad cwbl newydd y tu mewn iddi.

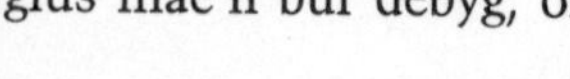

Peryglus mae'n bur debyg, ond hynod gyffrous hefyd. Wedi'r

holl sôn am adrenalin, gallai Swyn deimlo ei hadrenalin hi ei hun ar gerdded yn awr, yn rhedeg yn wyllt, wedi'i ryddhau'n annisgwyl wedi blynyddoedd o fod dan glo. Roedd Caron wedi cael hyd i'r allwedd ac wedi ei ryddhau; gallai hynny arwain at ddigwyddiadau trychinebus, yn enwedig o fod yn gymysg ag alcohol.

Galwodd Caron ar y gŵr bach prysur fu'n gweini. 'Dau goffi du os gwelwch yn dda, ac un cognac.' Trodd yn ôl at Swyn. 'Wyt ti'n sylwi na wnes i geisio troi dy fraich di. Os wyt ti'n dweud nad wyt ti isio diod arall, dwi'n derbyn dy air di. Dwi'n hoffi credu bod pobol yn golygu'r hyn maen nhw'n ei ddweud. Dwi bob amser yn derbyn na fel ateb.'

Cyfarfu eu llygaid ac fe nodiodd Swyn ei phen, ond ni atebodd mohono. Fe ddeallodd ei neges! Dim ond un cyfle gaech chi gyda'r gŵr yma. Doedd dim diben chwarae mig a chymryd arnoch eich bod chi'n swil a morwynol. Nid bod Swyn yn arfer gwneud hynny, wrth gwrs – roedd hi wedi dweud wrtho fwy neu lai bod sefyllfa fel hon yn gwbl newydd iddi hi. Mae'n bur debyg bod ei diffyg profiad yn amlwg iawn i Caron beth bynnag.

Roedd o'n ei ffansïo hi. Roedd ei greddf yn dweud hynny wrthi, ac fe gredai Swyn ei bod hithau'n ei hoffi yntau hefyd. Ond roedd rhyw ymdeimlad o berygl yn codi'i ben o hyd wrth iddi ildio i'r atyniad. Allai hi ddim rhoi ei bys ar yr union ymdeimlad hwnnw, ond roedd o'n ddigon brawychus. Cofiai am ddicter Caron yn y llys y diwrnod hwnnw, ac fel y credodd hithau ei fod o'n anelu'r dicter hwnnw'n uniongyrchol ati hi. Ond heno, penderfynodd feio'r ysgytwad ddiweddar a gafodd o golli'i wraig, ei ansicrwydd yn ystod y blynyddoedd diwethaf. A hithau bellach wedi clywed y stori i gyd, nid oedd yn synnu ei fod cynddrwg. Efallai y gallai hi fod o gymorth i wella'i glwyfau? Efallai y gallai ddod ag ychydig o gynhesrwydd i'w fywyd? Efallai fod ffawd wedi ei hanfon i'r clogwyn y diwrnod hwnnw i . . . ?

Beth yn y byd oedd yn bod arni? Am syniadau gwirion! Doedd hi ddim yn arfer bod fel hyn! Roedd Caron Lewis yn cael effaith ryfedd iawn ar ei synhwyrau, yn drysu ei chorff a'i meddwl. Mentrodd giledrych arno. Daliai ei wydr siâp balwn yn ei ddwy law, ei lygaid tywyll yn syllu ar ei hwyneb yn union fel pe bai'n medru darllen ei holl feddyliau. Roedd y llygaid yn ddryslyd, y gannwyll yn oeraidd iawn ond yn hudolus, fel cerrig mân wedi'u gorchuddio â melfed tywyll. Wrth ei gweld yn edrych arno, gwenodd Caron.

Trodd Swyn ei golygon ar unwaith a chododd ei phaned o goffi, gan wrido. 'Mae hwn yn lle braf, Caron,' meddai, braidd yn rhy uchel. 'Fyddi di'n dod yma'n aml?'

Lledodd ei wên wrth ei chlywed yn ceisio creu rhyw fân siarad dibwys fel hyn, wedi i'r ddau fod wrthi cyhyd yn datgelu cymaint o'u cyfrinachau. Wrth blygu ei ben tywyll, atebodd gan ddefnyddio'r hen ystrydeb: 'Dim ond yn y tymor paru.'

Gorfodwyd Swyn i ymuno â'i chwerthiniad iach.

* * *

Pan arhosodd y car wrth ymyl y palmant y tu allan i dŷ Swyn, ni ofynnodd Caron am gael dod i mewn, ac ni chafodd wahoddiad. Ni soniodd Swyn ei bod ar ei phen ei hun yn y fflat ar y pryd chwaith. Eisteddodd y ddau am rai eiliadau yn nhawelwch llethol y car heb ddweud gair.

Swyn oedd y gyntaf i fentro torri ar y tawelwch. 'Wel, diolch am y bwyd! Roedd o'n wych. Mi wnes i fwynhau fy hun.'

'Paid â swnio fel taset ti'n synnu.' Gwelodd Swyn ei wên.

'Mi wyddost ti be dwi'n feddwl,' mwmiodd. 'Nid dim ond am y bwyd a ballu dwi'n sôn . . . doeddwn i ddim yn gwybod beth i'w ddisgwyl, dyna i gyd.'

Trodd Caron ati, ei wyneb yn ddim byd mwy na siapiau pryfoclyd yng ngolau egwan lamp y stryd. 'Mi wn i'n iawn be ti'n feddwl,' cytunodd yn dawel. 'A dwi'n ddiolchgar iawn i ti hefyd, Swyn, am dy gwmni, a diolch am fod mor onest, ac am wrando. Roeddwn i'n dweud y byddai siarad efo ti'n help, ond wyddwn i ddim faint chwaith.' Ac wrth ddiolch iddi, gwyddai Caron ei fod yn dweud y gwir, ond nid oedd yn falch ynghylch hynny.

'Wyt ti'n siŵr?' Roedd Swyn yn ei chael hi'n anodd i'w ddeall, nawr fod popeth ar ben.

'Ydw, dwi'n siŵr. A minnau'n dy adnabod di'n well erbyn hyn, mae'n haws o lawer gen i gredu dy stori di na phan oeddet ti'n ddieithr i mi yn yr hen lys erchyll 'na.'

Sylwodd Swyn ar y chwerwder yn ei lais, ond wyddai hi ddim ei fod o'n gwneud ei orau glas i ailafael yn y dicter creulon a arweiniodd at y cyfarfyddiad hwn. Roedd o yma, a'r cyfle y bu'n aros amdano o'i flaen. Dyma'r foment fawr ac roedd o'n colli'i blwc. Drwy'r gyda'r nos bu ei feddwl rhesymegol a'i natur nwydus yn ymladd yn erbyn y teimladau chwerw oedd wedi'i wthio mor bell â hyn.

Damia hyn i gyd! Roedd o eisiau gafael yn y ferch, cydio yn y corff bach ystwyth – ei wasgu'n dyner nes ei fod yn plygu'n ôl ei ewyllys! Cyffwrdd y gwefusau diniwed yna gyda chusanau meddal chwilfrydig nes eu bod nhw'n agor ohonynt eu hunain, i rannu'r melyster oedd yn aros amdano . . . tynnu ei fysedd drwy'r gwallt golau sgleiniog, ar hyd croen llyfn ei bochau a'i gwddf; cael hyd i'r plygiad yna fyddai'n siŵr o fod ar ei gwar feddal; darganfod a deffro'r mannau cyfrinachol cynnes oedd yn galw mor eglur arno, p'un ai oedd hi'n sylweddoli hynny neu beidio . . .

Heb feddwl, gwyrodd yn nes ac yn nes tuag ati, a disgleiriai llygaid Swyn yn y gwyll, fel sêr bychain ar ei hwyneb gwelw. Doedd hi ddim yn ei wrthod nac yn protestio; yn hytrach, roedd hi'n symud yn falch tuag ato, ei dwylo'n codi i gydio am ei wddf a gallai eu teimlo'n mwytho'i wallt, yn siapio eu hunain o amgylch cefn ei ben, yn llithro i lawr at ei ysgwyddau nes creu gwres newydd oedd yn tanio'i gorff i gyd ac yn gwthio unrhyw deimladau chwerw o'r neilltu.

Roedd ei chusanu hi cystal, os nad gwell, na'r disgwyl. Roedd o am fod yn bwyllog, peidio'i dychryn, ond roedd hynny'n amhosibl: meddwodd ar ei chusanau, roedd hi fel cyffur yn gweithio'n gyflym, yn ei dynnu'n ddyfnach ac yn ddyfnach i'w afael. Doedd o ddim wedi cusanu merch ers peth amser ac roedd hi mor brydferth, mor fenywaidd yn ei freichiau; ac wedi oedi i ddechrau, roedd hi'n dychwelyd ei gusanau yr un mor frwd nes peri iddo anghofio am bopeth arall. Teimlodd rhyw angen mawr amdani. Boddodd ei hun yn ei chynhesrwydd dwfn ac ysai am beidio gorfod wynebu oerni a realiti ei fywyd byth eto.

Swyn ddaeth â'r cyfan i ben yn y diwedd. Gan geisio cael ei gwynt ati, agorodd ei llygaid a thynnodd un llaw o'i wallt i orchuddio'i cheg â bysedd crynedig. 'Caron, mae'n rhaid i mi fynd rŵan.'

Cydiodd yn dynnach ynddi gan ei thynnu'n ôl, a chladdu'i hun ynddi. 'Na! Aros am chydig bach mwy, Swyn; paid â rhedeg i ffwrdd . . . '

Ond roedd hi'n benderfynol, yn troi ei phen draw i osgoi ei geg y tro hwn; gwthiodd yn erbyn ei fynwes. 'Mae'n rhaid i mi! Mae'n hwyr ac mae gen i waith i'w wneud fory . . . a beth bynnag,' cyfaddefodd, 'os arhosa' i, dwi ddim yn siŵr iawn be faswn i'n ei wneud.'

Roedd ei diffuantrwydd fel allwedd yn datgloi ei afael, a gadawodd Caron iddi fynd. Gan ei dal hyd braich oddi wrtho, gwenodd arni. 'Wn i ddim beth amdanat ti, ond mae 'nyddiau caru mewn ceir i drosodd ers talwm,' meddai. 'Dydw i ddim mor ifanc a heini ag yr oeddwn i!'

Llaciodd y tensiwn wrth iddi wenu'n ôl arno. 'Yr hen ŵr druan! Faint ydi d'oed di eto? Tri deg?'

'Bron yn dri deg un.' Ysgydwodd ei ben yn drist. 'Wedi pasio 'mhreim.'

Estynnodd Swyn ei braich tuag ato a synnu ei hun wrth fod mor hy â thynnu ei dwylo ar hyd ei freichiau a'i fynwes gyhyrog. O roi tair blynedd arall iddo, pump efallai, byddai yn ei breim yn sicr ac meddai: 'Y tro nesaf y byddi di'n gofyn i mi ddod allan efo ti, mi fydda i'n barod i wthio cadair olwyn, iawn?'

Chwarddodd Caron yn ddwfn ac yna difrifolodd. 'Tro nesaf?' holodd.

'Dwi'n cymryd y bydd 'na dro nesaf?' atebodd Swyn yn dyner. 'Neu efallai 'mod i wedi cyflawni fy swyddogaeth mor dda fel nad oes angen tro nesaf?'

Gwnaeth y geiriau iddo deimlo'n annifyr. *Cyflawni ei swyddogaeth?* Cofiodd Caron am yr hyn yr oedd o'n geisio'i wneud, a pham.

Na, doedd hi ddim wedi cyflawni ei swyddogaeth! Dim o gwbl. Doedd hi prin wedi dechrau gwneud hynny, ac ni fyddai ei swyn benywaidd yn ei rhyddhau o'r magl mor rhwydd â hynny chwaith. Ni wyddai Swyn ei bod wedi'i dal wrth gwrs, ond roedd hi wedi'i dal yn dynn gan Caron.

Cyffyrddodd â blaen ei thrwyn. 'Wrth gwrs y bydd 'na dro nesaf, Swyn. Sawl un gobeithio. Wyt ti'n rhydd nos Fercher? Mae 'na sioe dda yn Theatr Gwynedd, sioe newydd, mae hi'n swnio'n dda iawn. Mi alla' i gael dau docyn. Be amdani?'

Taro'r haearn tra oedd yn boeth, felly roedd ei dallt hi. Nawr ei fod wedi dechrau, pa ddiben oedd gadael i bethau oeri. Peidio rhoi cyfle iddi ystyried . . .

Ond nid oedd Swyn am oedi. 'Diolch, Caron. Mi faswn i wrth fy modd.'

Heb ddweud mwy, estynnodd ei bag a'i siaced o gefn y car, agorodd y drws a chamodd allan ar y palmant yn gwbl hunanfeddiannol, ac roedd yn rhaid iddo'i hedmygu am hynny. Caeodd ei lygaid yn dynn. Roedd hyn i gyd yn llawer mwy cymhleth a dryslyd nag yr oedd wedi'i ddisgwyl. Oedd heno wedi bod yn llwyddiant? Roedd hi'n anodd dweud bellach.

'Mi ddo' i heibio am saith?' galwodd drwy'r ffenest agored.

'Mi fydda i'n barod.' Roedd Swyn wedi cael rhyw hyder newydd o rywle: fe sylwodd Caron arno hyd yn oed os na wnaeth hi. Roedd rhyw sicrwydd newydd yn ei llais.

'Nos da, Swyn. Diolch i ti am – am dy gwmni.'

'Na, Caron! Diolch i ti – am bryd o fwyd hyfryd,' atebodd Swyn yn gwbl ddiffuant.

Dringodd y grisiau at y tŷ a throdd wrth y drws i godi ei llaw, ond roedd golau ôl y car eisoes yn diflannu i lawr y stryd gysglyd.

55

Pedwar

I unrhyw un oedd yn eu gwylio, ymddangosai eu perthynas fel carwriaeth gonfensiynol iawn. Aethai Caron â Swyn allan bob nos bron, ac am ddyddiau cyfan yn aml. Gwnâi ffys fawr ohoni gan ddangos iddi'r lleoedd gorau ym Mangor ei hun ac yn yr ardaloedd cyfagos: cefn gwlad prydferth Penrhyn Llŷn a'r traethau atyniadol ar arfordir Ynys Môn. Cyngherddau, ffilmiau, dramâu; bwytai, caffis, bistros; prynhawniau ar Ynys Llanddwyn. Syrthiodd Swyn mewn cariad â phob un o'r lleoedd hyn a'u cysylltu â'r teimladau at y gŵr hwn oedd yn blaguro y tu mewn iddi.

A dyna beth oedd mor wych am ei ymgyrch yntau: gwnâi bopeth yn gyhoeddus ac yn agored iawn. Cydiai yn ei llaw yn y sinema neu wrth gerdded ar hyd y stryd. Teimlai Swyn ei ben-glin ef yn cyffwrdd ei phen-glin hi, ei fysedd yn chwarae â'i bysedd. Ond doedd o byth yn mynd ymhellach na hynny. Roedd ei lygaid, ei lais a'i gyffyrddiad yn cyfleu rhyw awydd mawr ynddo a byddai hithau'n ymateb i hynny gyda phob gewyn o'i chorff. Ond yna, byddai Caron yn ymatal, fel nad oedd Swyn yn gwybod lle'r oedd hi.

Nos Sadwrn gynnes ym mis Awst oedd hi ac roedd Swyn a Caron yn eistedd y tu allan i dafarn ger y pier ym Mangor yn llymeitian diod bob un. Yng nghanol yr holl sgwrsio o'u cwmpas gallent godi sawl acen Seisnig ddieithr.

Gan edrych o'i gwmpas, crychodd Caron ei drwyn. 'Mae'n gas gen i fis Awst! Mae'r lle 'ma'n llawn Saeson a phobl ddieithr!'

'Ydi.' cytunodd Swyn cyn cymryd llymaid o'i lager a leim.

'Mae'r bobol leol yn gwneud pres reit dda allan o'u crwyn nhw ond dydyn nhw ddim yn hoff iawn ohonyn nhw chwaith. Ond dyna fo, mae'n siŵr fod pawb angen gwyliau.'

Roedd Swyn yn syllu'n feddylgar i mewn i'w gwydr. 'Wn i ddim os mai un o'r bobol leol neu'r bobol ddieithr ydw i. Does gen i ddim gwreiddiau yn unlle a dweud y gwir.'

'Dwyt ti ddim yn un o'r bobol ddieithr siŵr Dduw. Pobol dros dro ydi'r rheiny, yn heidio i leoedd yn ystod y tymor prysuraf. Efallai nad wyt ti wedi dy eni na dy fagu yma, ond dydw innau ddim chwaith, ond mi rydw i'n ystyried fy hun yn un o'r bobol leol,' atebodd Caron. 'Dwi'n siŵr y byddai'r esgob neu'r maer neu un o bwysigion eraill y ddinas 'ma'n barod iawn i ategu be dwi'n ddweud. Wyt ti am i mi roi caniad i un ohonyn nhw?' ychwanegodd dan wenu.

Fel bob tro arall, gwenodd hithau'n ôl wrth ei glywed yn cellwair fel hyn. 'Baswn, mi faswn i! Dwi wrth fy modd yma,' atebodd dan chwerthin.

'Wrth dy fodd neu beidio, dwi'n meddwl y byddai'n syniad dau i ni'n dau ddianc o'r ddinas fawr swnllyd 'ma a'r holl bobol ddieithr,' meddai Caron yn dawelach yn awr, ac yn fwy difrifol. 'Beth am fynd am wyliau am chydig ddyddiau?'

'Fydd 'na lai o bobol ddieithr mewn mannau eraill?' Roedd hi'n gobeithio nad oedd y balchder yn rhy amlwg yn ei llais.

'Na fydd, mae'n debyg, ond mi fydd 'na fwy o le iddyn nhw os awn ni i rywle gwledig. Beth bynnag,' ychwanegodd, yn llawn dirgelwch, 'mi wn i am ambell guddfan ddirgel lle na ddaw yr un enaid byw o hyd i ni.'

'Cuddfan?' Edrychodd arno'n amheus ond roedd ei chorff wedi cyffroi drwyddo.

'Mae gen i ddigon o ffrindiau clên gyda chuddfannau mewn lleoedd gwledig – bythynnod bach del mewn pentrefi diarffordd. Dwi erioed wedi cael un fy hun, cofia, ond mi rydw i – mi ddaru ni – ddefnyddio rhai ein ffrindiau lawer gwaith.'

'Lwcus iawn!' ochneidiodd Swyn yn eiddigeddus. Mi fyddai hi'n falch iawn pe bai ganddi ffrindiau mor glên.

'Mae un o'r lleoedd hynny'n digwydd bod yn wag wythnos nesaf. Roedd fy ffrind a'i wraig wedi bwriadu mynd yno am benwythnos ond maen nhw'n gorfod mynd i Ardal y Llynnoedd i ryw briodas deuluol neu rywbeth. Mi ofynnon nhw i mi faswn i'n hoffi chydig ddyddiau yno.' Gwenodd yn gam. 'Mae'n siŵr eu bod nhw'n meddwl y byddai dianc oddi wrth bethau yn codi 'nghalon i.'

'Lle'n union mae o?' Gwnâi Swyn ei gorau glas i swnio'n ddifater ac fe wyddai'r ddau ohonyn nhw hynny. Roedden nhw hefyd yn gwybod nad oedd wahaniaeth ble'r oedd y bwthyn – yr un fyddai ei hymateb hi.

'Ym mhen draw Llŷn; yn Uwchmynydd bron. Dydan ni ddim wedi bod mor bell â'r fan honno eto, ond dwi'n siŵr y byddet ti wrth dy fodd yno, Swyn. Dydi o ddim yn bell o'r môr chwaith.'

'Mae o'n swnio'n wych.' Roedd llygaid Swyn yn pefrio. 'Pryd oeddet ti – am faint oeddet ti isio mynd?'

'Mi gei di benderfynu.' Cododd ei ddwylo'n ddifater. 'Deuddydd neu dri? Fory?'

'Fory?' Wedi'r holl ddisgwyl, roedd o'n gweithredu'n gyflym iawn yn awr a syllai Swyn arno'n gegagored.

'Pam ddim? Dwyt ti fyth yn gwybod am faint wnaiff y tywydd braf yma bara. A does gan yr un ohonon ni ddim i'n cadw ni yma, nac oes, Swyn?' Am eiliad, roedd ei lais braidd yn frathog.

'Nac oes; nac oes, dim byd.' Roedd Swyn yn ceisio magu hyder. 'Iawn, iawn, fory amdani 'te.'

Gwenodd Caron a diflannodd y tyndra. 'A dweud y gwir, pam nad awn ni heno?

Syrthiodd ceg Swyn yn agored y tro hwn. *'Heno?* Ond mae'n . . . '

'Pam lai, Swyn?' Gwyrodd tuag ati'n llawn perswâd. 'Dydi o ddim yn bell: fawr mwy nag awr. Mi allen ni fod yno'n braf cyn un ar ddeg. Mi allwn i fynd â chdi adref rŵan yn syth i bacio ac yna galw amdanat ti mewn ryw chwarter awr. Tyrd yn dy flaen, Swyn! Pam gwastraffu amser a'r bwthyn yna'n aros amdanon ni?' Cydiodd yn ei llaw. 'Be ti'n ddweud?'

Beth allai hi ei ddweud? Roedd o wedi dod yn rhan mor annatod o'i bywyd hi bellach, yn rhan mor hanfodol o'i phatrwm o fyw. Ac am wythnosau roedd hi wedi aros. Ond nawr, roedd o'n barod a'r peth olaf oedd arni hi eisiau ei wneud oedd rhedeg i ffwrdd. Estynnodd am ei law arall ar draws y bwrdd. 'Dwi'n dweud iawn, Caron. A diolch am ofyn i mi.' Roedd hon yn eiliad bwysig, fe wyddai hi hynny. Roedd o'n barod i fod ar ei ben ei hun efo hi o'r diwedd. Roedd Swyn wedi bod yn barod ers wythnosau, ond deallai'n iawn pam oedd o am gymryd pwyll.

Ddeng munud yn ddiweddarach, gwyliodd Caron hi'n rhedeg i fyny'r grisiau i'w thŷ. 'Hen ddillad cofia,' gwaeddodd dros sŵn yr injan, 'a rhywbeth cynnes sy'n dal dŵr. Mi fydd hi'n ddigon oer yng ngwynt y môr yn hwyr y nos.'

'Iawn!' Trodd i edrych arno, ei hwyneb yn wên i gyd, fel wyneb plentyn bach yn edrych ymlaen yn eiddgar at rywbeth. Teimlodd Caron ryw bwl o gydwybod wrth ei gweld mor hapus, rhyw euogrwydd oedd yn beryglus o debyg i deimladau cariadus pe bai'n onest ag ef ei hun. Ond na, doedd fiw iddo feddwl felly. Hon oedd y foment fawr yr oedd o wedi bod yn aros amdani, penllanw ei holl ymdrechion, ac mi roedd o'n edrych ymlaen yn arw a dweud y gwir. Roedd o'n mwynhau ymweld â'r hen fwthyn bach, ac roedd o'n mwynhau cwmni Swyn. Hyd yma, roedd o wedi llwyddo i gadw'i waed yn llifo'n boeth ac yn oer ar yr un pryd a doedd o ddim am siomi'i hun rŵan.

'A phaid ag anghofio dy welingtons!' gwaeddodd cyn iddi ddiflannu.

* * *

Roedd y bwthyn gwyngalchog yn bictiwr. Cuddiai mewn cilfach y tu ôl i glwstwr o fythynnod tlws tebyg ar gyrion pentef bychan Aberdaron ar arfordir hyfryd Llŷn.

Yng ngwres cynnes y noson o haf, wrth iddi adael y car ac edrych ar draws yr ardd ffrynt daclus, gallai Swyn weld y bwthyn yn glir. Mor fychan, mor dlws. Daeth arogl gwyddfid i'w ffroenau wrth iddi edrych tua'r awyr a gweld y lleuad hardd a chlwstwr o sêr yn pefrio yn y tywyllwch. Roedd y lle'n berffaith. Wrth iddi bwyso'n freuddwydiol ar giât yr ardd, aeth Caron i estyn ei fflachlamp fawr a chario'u bagiau at y drws cefn. Doedd yr un o'r ddau wedi dod â gormodedd o bethau efo nhw, ond roedd Swyn wedi ei synnu bod Caron wedi dod â bocs llawn bwyd efo fo fel pe bai wedi paratoi ar gyfer y gwyliau annisgwyl hwn.

Pan soniodd am hynny wrth weld y bocs ar sedd gefn y car, y cwbl a ddywedodd Caron oedd: 'O, mi ddois i â phopeth oedd gen i wrth law yn y cwpwrdd. Fydd y siopau ddim yn agored fory.'

Doedd Swyn ddim wedi meddwl am bethau fel bwyd, felly tawodd mewn cywilydd. Ond wrth iddyn nhw deithio ar hyd y ffordd fawr o Gaernarfon i Bwllheli, daeth rhyw amheuaeth anghyfforddus i'w meddwl, gan blannu ansicrwydd yng nghanol yr holl bleser. Yr hyn a'i poenai yn awr oedd tybed oedd hi wedi meddwl digon am y gwyliau mewn ffyrdd pwysicach? Oedd hi'n barod mewn ffyrdd eraill? Roedd Caron wedi bod mor ofalus ohoni hyd yma, wedi ei thrin mor dyner, gwneud iddi deimlo'n sicr heb roi unrhyw bwysau arni o gwbl. Ac a dweud y gwir, pe bai'n onest â hi ei hun, roedd hi wedi bod yn ysu ers peth amser i'w perthynas ddatblygu'n rhywbeth cryfach – llawnach.

Ond nawr roedd o'n ei rhoi hi mewn sefyllfa gwbl wahanol! Un peth oedd treulio prynhawniau a chyda'r nosau gyda'i gilydd, gan fynd eu ffyrdd eu hunain ac i'w cartrefi eu hunain ar y diwedd, ond nawr roedden nhw am dreulio nosweithiau cyfan gyda'i gilydd, o dan yr un to! A phan aeth i feddwl am y peth o ddifrif, sylweddolodd Swyn nad oedden nhw wedi bod ar eu pennau eu hunain mewn ystafell o'r blaen. Ond roedd popeth wedi digwydd mor esmwyth – doedd hi prin wedi cael cyfle i roi trefn ar ei meddyliau.

Teimlodd rhyw banig mawr y tu mewn iddi wrth syllu allan ar y caeau a'r coed llwyd yng ngolau'r lleuad. Trodd i astudio cysgod Caron oedd mor gyfarwydd ac annwyl iddi. Ac yn union fel pe bai'n synhwyro ei hamheuon, gwenodd yntau arni, yn gynnes, yn hyderus ac yn llawn sicrwydd, ac fe weithiodd hynny ar ei union. Ymlaciodd Swyn unwaith eto, gan wybod na fyddai Caron yn disgwyl mwy ganddi nag y byddai hi'n barod i'w roi. Roedd Caron o bawb yn siŵr o ddeall y byddai'n rhaid iddi ddysgu cropian yn gyntaf, cyn cerdded.

Roedd o'n brasgamu yn ei flaen yn awr ac fe redodd hithau ar ei ôl i'w ddal, drwy'r ardd fechan ac i mewn i'r gegin gefn oedd yn ddigon syml yr olwg ond yn llawn cyfleustra modern. Plygodd Caron ei ben wrth fynd drwy'r drws isel ac yna pwyntiodd at sied fechan y tu allan i'r drws.

'Y tŷ bach,' meddai. 'Does 'na ddim ystafell molchi yma.'

Nodiodd Swyn gan edrych o amgylch yr ystafell wrth i Caron ollwng y bocs ar y bwrdd. Yna agorodd y drws i'r ystafell fyw ac aeth yn ei blaen drwodd i astudio'r lle. Roedd yn daclus ac yn glyd, gyda dodrefn syml. Mewn un gornel roedd grisiau agored yn arwain i fyny i ystafell wely a oedd yr un mor syml, gyda gwely dwbwl mawr, dresel a dim byd arall.

Safodd Swyn ar ganol yr ystafell gan edrych allan drwy'r ffenest isel gyda golwg gythryblus ar ei hwyneb. Daeth Caron i fyny ar ei hôl gan frasgamu fesul tair gris ar y tro. Ni throdd Swyn i edrych arno wrth iddo ddod yn nes ati, ond roedd ei hystum a'r ffordd yr oedd hi'n dal ei phen yn dweud cyfrolau.

Gollyngodd Caron fag Swyn ar y llawr a cherddodd tuag ati gan lithro ei ddwylo o amgylch ei chanol a gosod ei ên ar ei hysgwydd. Credai Swyn ei bod yn hen gyfarwydd â'i gyffyrddiad erbyn hyn, gwres cynnes ei gorff yn agos i'w chorff hi, ond yn yr awyrgylch yma, teimlai'n ddieithr iawn ac yn ddigon i godi ofn arni. Anadlodd yn gynt a dechreuodd ei dwylo chwysu, ond arhosodd yn llonydd gan syllu ar y wlad hudolus y tu allan i'r ffenest.

'Croeso, Swyn!' Roedd ei lais yn dynerach nag erioed: yn

rhywiol hyd yn oed, ac yn llawn addewidion ond heb fynnu dim byd. 'Ydi hi'n ddigon distaw i ti yma?'

Nodiodd hithau, heb yngan gair. Am rai munudau, rhannodd Caron y tawelwch gyda hi, gan gydio'n dynnach ynddi nes bod ei chefn wedi'i dynnu'n agos at ei fynwes a'i gluniau. Yna chwiliodd ei geg am ei chlust a brathodd ar ei hyd yn chwareus cyn sibrwd: 'Dwyt ti ddim am ddweud dim byd? Wyt ti'n ei hoffi o?'

Cafodd Swyn hyd i'w thafod o'r diwedd. 'Mae o'n wych, Caron! Mor ddistaw.'

'Aros di nes y gweli di'r lle yng ngolau dydd 'te! Mae hi'n hyfryd yma,' addawodd, ei lais isel yn gyrru iasau oer i lawr ei hasgwrn cefn.

'Fedra' i ddychmygu.' Llyncodd ei phoer, ac yna trodd i'w wynebu a phwyso'i dwylo ar ei fynwes gan syllu i'w wyneb. 'Caron?'

'Ie 'nghariad i?' Roedd o'n gwenu arni ond diflannodd y wên wrth iddo weld ei hwyneb. 'Oes rhywbeth yn bod, Swyn? Wrth gwrs, ti wedi blino'n lân siŵr iawn.' Cyn iddi allu ateb, plygodd i'w chusanu ar ei boch ac yna camodd yn ei ôl gan ollwng ei afael ynddi mor sydyn nes y bu'n rhaid iddi gydio'n y ddresel i'w harbed ei hun rhag syrthio.

Edrychodd ar ei oriawr. 'Mae hi wedi un ar ddeg yn barod.' A heb wastraffu rhagor o amser, cododd ei bag ar y gwely. Yna caeodd y llenni a chynnau'r golau. Roedd Swyn fel pe bai hi mewn breuddwyd ac roedd ei bresenoldeb ef bellach yn llenwi'r ystafell i gyd.

'Paid â phoeni, Swyn,' meddai, gan geisio tawelu ei meddwl wrth frysio yn ôl ac ymlaen ar hyd y llofft. 'Mi wnawn ni baned o goffi a rhyw damaid bach i'w fwyta ac yna mi gawn ni fynd yn syth i'r gwely.'

'Caron, dwi . . . ' Ceisiodd leisio'i hamheuon unwaith eto ond roedd Caron yn rhy brysur yn ysgwyd y gobenyddion i wrando arni.

'Dwi wedi blino hefyd a dweud y gwir. Dwi ddim wedi

gyrru cymaint yn ystod y nos ers talwm iawn a dydw i ddim yn rhy hoff o wneud hynny. Mi fydda innau'n falch o gael rhoi fy mhen i lawr. Mae'r hen soffa 'na yn ddigon cyfforddus – dim gormod o bantiau er ei bod hi'n edrych fel rhywbeth o oes yr arth a'r blaidd! Mi â' i i nôl fy sach gysgu o'r car rŵan. Be sy'n bod?' torrodd ar ei draws ei hun wrth i wyneb pryderus Swyn droi'n wên hapus. 'Ydw i wedi dweud rhywbeth doniol?' Cododd ei aeliau trwm mewn syndod wrth iddi estyn ei breichiau a'u clymu am ei wddf gan chwerthin, a'i garu'n fwy nag erioed.

'Naddo, Caron. Dim . . . diolch,' oedd y cwbl fedrai hi ei ddweud wrth gladdu ei hwyneb yn ei grys.

'Be dwi wedi'i wneud i haeddu hyn?' gofynnodd, gan ei chusanu'n ysgafn eto cyn ymryddhau oddi wrthi a chydio'n ei llaw a'i harwain i lawr y grisiau. Cerddodd hithau'n ufudd ar ei ôl, gan geisio anwybyddu'r negeseuon cryf oedd yn llifo o'i gorff i'w chorff hithau; y teimlad rhyfedd yna o siom bob tro y byddai'n stopio ei chusanu ac yn tynnu'n ôl oddi wrthi, ond am y canfed tro, ceisiodd ddweud wrthi'i hun pa mor gall yr oedd o, pa mor ystyriol. Hyn oedd orau i'r ddau ohonyn nhw.

Hyd yn oed ar noson braf o haf, roedd hi'n ddigon oer y tu mewn i'r hen fwthyn bach a'i waliau cerrig trwchus. Roedd Caron wedi cynnau'r gwresogydd trydan cyn gynted ag yr oedden nhw wedi cyrraedd nes bod yr ystafell fyw fel nyth fach gynnes a chlyd erbyn hyn. Berwodd y tegell a gwneud llond dau fwg o goffi poeth tra aeth Swyn i ymolchi ychydig cyn gwneud brechdan gaws a thomato bob un iddyn nhw o gynhwysion amrywiol bocs bwyd Caron. Eisteddodd y ddau ar y soffa i yfed a bwyta, ac ni chafodd Swyn gystal blas ar bryd o fwyd ers talwm iawn.

Wedi iddi fwyta'r tamaid olaf o'r frechdan ac yfed y coffi i gyd, gorweddodd yn ei hôl ar y soffa yn fodlon iawn ei byd. 'Roedd hwnna'n wych! Mae popeth yn wych. Ac o feddwl nad oeddwn i'n gwybod dim am ddod yma y bore 'ma!'

'Mae'r pethau gorau mewn bywyd bob amser yn

annisgwyl.' Roedd llais Caron mor dywyll â'r llygaid oedd yn ei gwylio'n graff yng ngolau egwan y lamp fwrdd fechan yn y gornel bellaf.

Gwenodd hithau arno, yn llawn ymddiriedaeth, a heb amau dim. Roedd o wedi dymchwel bob un o'i hamddiffynfeydd. Roedd hi wedi'i dal – ac yn hapusach nag y bu erioed. 'Does dim dwywaith am hynny!' meddai, a'i llygaid yn sgleinio. 'Pan e's i at y clogwyn 'na y diwrnod hwnnw i chwilio am samplau, ti oedd y peth olaf o'n i'n ddisgwyl gael hyd iddo fo!'

'A phan wnest ti,' meddai, gyda thinc o eironi oedd yn gwneud iddi deimlo'n nes fyth ato, 'doedd pethau ddim yn union fel y byddet ti'n dymuno i gariad fod.'

'Nac oedden.' Distawodd Swyn gan feddwl yn ôl dros ddatblygiadau rhyfeddol yr wythnosau diwethaf. Mwyaf sydyn, teimlai ryw angen i glirio'r aer . . . i gael gwared â'r baich oedd wedi bod yn pwyso ar ei hysgwyddau. Anadlodd yn ddwfn.

'Caron, mi dwi wedi bod isio dweud rhywbeth. Am Helen. Dwi'n siŵr dy fod ti'n meddwl llawer amdani. Dwi'n siŵr fod y ddau ohonoch chi wedi bod yma sawl gwaith a dwi ddim am i ti feddwl ein bod ni – fy mod i – dy fod ti . . . ' aeth ar goll a phlygodd ei phen yn swil. Roedd hi'n rhy dywyll iddo allu gweld ei bochau'n iawn, ond gwyddai Caron eu bod ar dân. Gwenodd wrtho'i hun, ond ni roddodd unrhyw gymorth iddi.

Cododd Swyn ei phen ac aeth yn ei blaen. 'Wna' i fyth anghofio beth ddaeth â ni at ein gilydd,' meddai'n dawel.

Daeth yn amser i Caron weithredu. Llithrodd o'i ystum ffurfiol yr ochr bellaf i'r soffa nes ei fod yn ei hymyl ac yn gallu gosod ei ddwylo ar ei hysgwyddau. Trodd ei chorff i'w wynebu. 'Dwi'n gwybod hynny, Swyn; dwi'n gwybod.' Roedd ei lais yn gryg a'i lygaid yn syllu'n ddwfn i'w llygaid hi. Roedd hi wedi'i swyno'n llwyr ganddo. 'Paid â siarad am hynny rŵan, na meddwl amdano fo chwaith,' sibrydodd. 'Heno, dwi yma hefo ti. I ni mae heno, ac yfory. Ti yma i fy helpu i i edrych ymlaen, nid yn ôl. Byth yn ôl! Iawn?'

'Iawn.' Claddodd ei phen yng nghynhesrwydd ei fynwes.

Roedd popeth yn ei gylch yn berffaith.

Eisteddodd Caron yn gwbl lonydd gan rwbio'i ên yn ei gwallt yn feddylgar. Teimlai'r adrenalin yn llifo y tu mewn iddo ond ymddangosai'n gwbl ddigyffro. Roedd hi mor annwyl mewn gwirionedd, mor fywiog a chariadus nawr ei fod o wedi llwyddo i ddeffro'r teimladau nwydus o'i mewn! Heb ei difetha ac yn llawn potensial. A'r cyfan iddo fo: yr holl diriogaeth morwynol yma yn llawn addewid. Hwn oedd y penllanw y bu'n paratoi ar ei gyfer.

Profodd ei hun er mwyn gwneud yn siŵr ei fod yn teimlo'r un fath – yn barod i gyflawni'r hyn oedd wedi'i arwain yma. Wrth feddalu Swyn yn barod ar gyfer dial arni, roedd ei ddicter didrugaredd wedi tawelu i fod yn rhyw fath o gasineb tuag at ddynoliaeth, a thuag at ferched yn arbennig, gyda Swyn yn symbol o hynny. Ond y cyfan a wnaeth hyn oedd ei wneud yn fwy penderfynol o ddwyn ei hieuenctid a'i brwdfrydedd iddo'i hun, cael llechen lân a dechrau o'r newydd. Dyna'r unig ddewis oedd ganddo ac ni allai dim ei rwystro.

Wrth iddo ddod o hyd i'w ddicter, roedd ei gorff yn cynhesu ac yn caledu gan ymateb, fel arfer, i dynerwch ei chorff hi yn ei freichiau. A pham ddim, meddyliodd: pam na ddylai'r ddau ohonyn nhw fwynhau'r hyn oedd ganddo mewn golwg ar gyfer Swyn? Roedd o wedi ymatal yn ddigon hir. A nawr ei fod o ar fin gollwng gafael, roedd o am wneud yn fawr o hynny. Cyfaddefodd wrtho'i hun ei fod yn hoff iawn o Swyn, felly doedd waeth iddo wneud yr achlysur yn un cofiadwy iddi hithau hefyd – cyn y dadrithio mawr. Pam lai?

Roedd ei hanadl yn swnio mor fyr a rheolaidd nes bod Caron yn meddwl yn siŵr ei bod wedi mynd i gysgu. Symudodd yn ôl oddi wrthi gan godi ei hwyneb trwy gydio yn ei gên â'i law. Roedd y llygaid llwydlas yn llydan agored ac yn syllu arno'n awr; ei gwefusau siapus yn ei wahodd. Roedd yn adnabod ei hwyneb mor dda, yn ei hadnabod hi mor dda, ond eto, doedd o prin yn ei hadnabod o gwbl. Trwy'r agoriad yn ei blows, gallai weld ei bronnau'n codi ac yn gostwng wrth iddi anadlu, yn galw arno. Doedd o ddim yn gyfarwydd â'i bronnau eto, ond roedd o ar fin archwilio pob modfedd llyfn ohonynt. Roedd y gweddill ohoni yno, yn aros amdano, yn ysu amdano. Gwyddai Caron mai emosiwn a chwant oedd yn rheoli Swyn bellach. Ymataliodd yn ddigon hir, diolch iddo fo; ond nawr roedd hi'n barod. Disgwyliodd i bethau fod yn syml ac roedd o'n hollol gywir. Roedd hi'n union fel ag yr oedd o eisiau iddi fod. Gwnaeth yn siŵr o hynny, a nawr roedd o'n barod i weithredu.

Awr yn ddiweddarach, roedd Swyn yn synnu ac yn llawenhau o'i chael ei hun yn gorwedd yn noeth ar y soffa flêr yn yr ystafell fechan ddieithr, gan wenu ar y gŵr yr un mor noeth oedd yn gorwedd gyda hi. Dodrefnyn cul oedd y soffa, a chyda mwy o bantiau nag y cyfaddefodd Caron. Doedd rhywbeth mor ddibwys â hynny yn mennu dim ar fwynhad Swyn y funud honno. Gyda'i wyneb yn agos at ei hwyneb hi, astudiodd Caron hi drwy'i lygaid tywyll dwys. Roedd hi wedi'i thrawsnewid, dyna'r unig air i'w disgrifio! Beth bynnag yr oedd o wedi geisio'i gyflawni, roedd o wedi llwyddo i ddeffro ei natur fenywaidd yn llawn, doedd dim dwywaith am hynny. Roedd hi'n anodd iddo beidio â chael ei gyffwrdd gan y cariad a'r pleser yn ei hwyneb.

'Mae'n ddrwg gen i, Swyn,' sibrydodd, 'os oedd o'n fwy nag oeddet ti isio.'

Synhwyrai Caron ryw hyder newydd ynddi wrth iddi osod ei bysedd ar ei wefusau. 'Dwi'n difaru dim, os nad wyt ti.'

'Dim o gwbl?' Gwgodd, yn union fel petai'n awgrymu y dylai ddifaru rhywfaint.

Ysgydwodd ei phen. 'Na. Dim o gwbl.'

Ceisiodd Caron guddio'i siom. Roedd ei hapusrwydd hi mor amlwg, ond roedd y wir fuddugoliaeth eto i ddod, cysurodd ei hun.

'A wyddost ti be?' sibrydodd yn ei chlust. 'Dydi heno ddim ar ben eto, na'r penwythnos chwaith!'

* * *

Pan aeth Swyn yn ei hôl i'r fflat y nos Fawrth ganlynol, synnai o weld bod popeth yn edrych yr un fath yno. Doedd ganddyn nhw ddim hawl i edrych yr un fath, meddyliodd! Ddylai pethau fyth fod yr un fath eto! Er bod hynny'n swnio'n wirion, roedd rhyw deimlad braf a newydd yn meddalu ac yn cynhesu ei byd yn awr. A Caron oedd yn gyfrifol am hynny; y ffordd y teimlai tuag ato; y pethau a wnaeth iddi.

Roedd Swyn wedi'i wahodd yno i swper nos Wener ac wedi awgrymu y gallen nhw dreulio'r penwythnos gyda'i gilydd – ac roedd o wedi cytuno! O'r diwedd, roedd pethau'n ymddangos fel pe baen nhw ar fin cael carwriaeth go iawn ac efallai, rhyw ddydd, y byddai yntau'n teimlo'n barod i'w gwahodd hi i'w gartref o. Ond dim eto; un peth ar y tro.

Yn y cyfamser, roedd Swyn wedi dweud wrtho y byddai'n rhaid iddi wneud rhywfaint o waith yn ystod y dyddiau nesaf. Roedd hi'n feistr caled arni hi ei hun ac arno yntau. Byddai'n rhaid iddi gwblhau ei phrosiect ac ar hyn o bryd, roedd hi ar ei hôl hi. Ac nid hynny'n unig: roedd ganddi bethau pwysig eraill i'w gwneud cyn iddyn nhw ailafael yn y pleser newydd yr oedden nhw wedi'i ddarganfod. Byddai'n rhaid iddi fynd i weld y meddyg – doedd hi ddim yn bwriadu bod mor esgeulus ag y bu y penwythnos diwethaf eto.

* * *

Roedd y swper yn barod am saith o'r gloch. Doedd dim golwg o Caron am wyth. Erbyn naw roedd hi'n swp sâl yn poeni amdano ac aeth i'r blwch ffôn agosaf i'w ffonio i weld a oedd popeth yn iawn. Doedd o byth yn hwyr. Mae'n rhaid bod rhywbeth wedi'i ddal.

Deialodd y rhif nad oedd hi erioed wedi gorfod ei ddefnyddio o'r blaen. Roedd y gloch y pen arall i'r lein fel pe bai'n cael hwyl ar ei phen, yn canu ac yn canu'n ddi-baid. Dim ateb. Deialodd eto, ond yr un sŵn a glywai. Doedd o ddim yno; neu os oedd o, doedd o ddim yn ateb.

Cerddodd yn ôl i'w fflat yn araf, ac arhosodd ar ei thraed

drwy'r nos bron yn clustfeinio am unrhyw sŵn. Roedd rhif ffôn ei chymydog ganddo rhag ofn y byddai rhyw argyfwng yn codi. Efallai y cysylltai â nhw, mor hwyr â hyn hyd yn oed, pe na bai dewis arall.

Ni alwodd neb i ddweud bod galwad ffôn iddi. Ni ddigwyddodd dim. Eisteddodd yn syn yn gwylio'r bwyd yr oedd hi wedi'i baratoi mor ofalus yn gwastraffu ar y bwrdd. O'r diwedd, aeth i'r gwely, gyda rhyw oerni dieithr yn cnoi yn ei stumog. Chysgodd hi fawr ddim.

Ni chlywodd ddim y bore wedyn chwaith ac wedi deuddydd o aros diddiwedd am yn ail â phicio allan i'r blwch ffôn i geisio cael gafael arno, ond heb gael ateb, penderfynodd Swyn chwilio am ei gyfeiriad yn y llyfr ffôn, ac i ffwrdd â hi yno. Cerddai fel un mewn hunllef.

Ni chafodd unrhyw drafferth i ddod o hyd i'r lle. Fe allai fod wedi gwneud hynny ddwsinau o weithiau, ond roedd hi wedi parchu angen Caron am amser a phreifatrwydd, gan ddeall nad oedd o am ei gweld yn ei gartref. Roedd ei gartref wedi bod yn rhan o fywyd arall, y bywyd yr oedd hi mor brysur yn ei gynorthwyo i'w anghofio; neu felly y meddyliodd hi beth bynnag. Ond nawr, safai o'i flaen: bloc o fflatiau smart ond digymeriad yng ngwaelod y dref, mewn ardal grand iawn yn ôl ei safonau hi. Syllodd ar yr adeilad gan ddychmygu Helen ac yntau'n byw yno, yn anhapus.

Magodd blwc o rywle i fynd i mewn i'r cyntedd llydan. Oedd, roedd o'n lle crand iawn yn sicr – eisteddai porthor mewn ystafell arbennig yn y cyntedd. Edrychodd arni'n frwdfrydig wrth iddi nesáu ato'n araf: peth fach ddel iawn, ond bod golwg lwyd a phryderus arni. Doedd o ddim yn cofio'i gweld hi yno o'r blaen; doedd hi ddim yn ymweld â neb yn rheolaidd, ac yn sicr, doedd hi ddim yn byw yno.

'Esgusodwch fi, meddwl yr oeddwn i . . . ' Roedd ganddi lais bach del hefyd, ond ei fod o'n dawel iawn. Pe bai hi'n rhoi mwy o sylw iddi hi ei hun, yn rhoi gwell dillad amdani, gallai fod yn ferch drawiadol iawn, meddyliodd y dyn canol oed.

'Ia, del?' Gwenodd arni i'w hannog ymlaen.

'Dwi'n chwilio am rywun sy'n byw yma,' meddai.

'A phwy ydi hwnnw neu honno felly, del? Dwin eu hadnabod nhw i gyd,' meddai.

'Caron Lewis.' Dyna ni. Roedd hi wedi dweud ei enw.

'Caron Lewis?' Edrychodd y porthor yn amheus yn awr, ei lygaid yn llawn cwestiynau.

'Pam? I be ydach chi 'i isio fo?'

'O, dim byd a dweud y gwir,' atebodd yn gelwyddog. 'Wel, mae o'n hen ffrind i mi a dydw i ddim wedi clywed ganddo fo ers talwm. Roeddwn i'n meddwl y baswn i'n galw i'w weld o.' Yn wahanol i Caron, doedd Swyn ddim yn un dda iawn am actio.

Roedd hi'n bryderus iawn, yn amlwg, ac fe deimlodd y porthor drueni drosti. 'Ond mi rydach chi wedi clywed am Mrs Lewis druan do?' Eisteddodd yn ôl yn ei gadair yn barod i adrodd y manylion i gyd wrthi pe bai heb eu clywed.

'O do,' atebodd Swyn yn frysiog. 'Dwi'n gwybod popeth am hynny. Dim ond Caron – Mr Lewis – oeddwn i am ei weld.'

'Ar ôl i hynny ddigwydd,' meddai'r porthor wrthi'n gyfrinachol, 'roedd o'n aros i mewn drwy'r amser, ar ei ben ei hun bach, yn gyrru pawb oedd yn dod i'w weld o o 'ma. Byth yn mynd allan. Ond wedyn, roedden ni'n dechrau meddwl ei fod o wedi dod dros y peth, wedi troi dalen newydd fel petai. Yn ystod yr wythnosau diwethaf 'ma, roedden ni'n meddwl bod pethau'n edrych yn llawer gwell – y porthor arall a finnau,' eglurodd, wrth iddi hi edrych arno mewn penbleth. 'Nid 'mod i isio amharchu'r meirw cofiwch del, ond wel, os oeddech chi'n adnabod Mrs Lewis, rydych chi'n gwybod o'r gorau nad oedd y ddau'n hapus iawn efo'i gilydd, os 'dach chi'n deall be s'gen i, del,' ychwanegodd. 'Roedd hi'n 'i drin o'n ofnadwy – hyd yn oed cyn iddi godi'i phac a'i heglu hi o 'ma.'

'Ie, mi wn i,' meddai Swyn, heb fod yn siŵr iawn beth oedd yn dod nesaf.

'Yna, ryw ychydig wythnosau'n ôl, mi roddodd ei notis i mewn a phacio'i bethau i gyd. Tua wythnos yn ôl, mi aeth i ffwrdd am ryw dridiau, a phan ddaeth yn ei ôl, mi heliodd ei bethau i gyd ac i ffwrdd â fo. Diflannu,' meddai, yn llawn boddhad wrth adrodd hanes y cyffro prin oedd wedi bywiogi dipyn ar ei swydd ddiflas.

'Ychydig wythnosau'n ôl?' Roedd Swyn wrthi'n cyfri yn ei phen. Felly, mi roedd o'n gwybod ei fod o am symud. Cyn mynd â hi i ffwrdd? Ers faint cyn hynny? Ers faint?

'Ia, del, jyst codi'i bac a mynd, ond mi roedd o'n barod i fynd. A ddaru o ddim gadael cyfeiriad newydd chwaith. Rydyn ni bob amser yn hoffi cael cyfeiriad pan mae pobol yn gadael fan hyn, ond mi roedd o'n dweud nad oedd o'n gwybod i ble fyddai o'n mynd. Ond mi ddwedodd y byddai o'n gadael i ni wybod pan gâi o hyd i le. Wn i ddim ddaru o werthu'i ddodrefn, neu ei storio fo? Y cwbwl dwi'n wybod ydi ei fod o wedi mynd ac nad ydi o'n dod yn ei ôl.'

'Ddim yn dod yn ôl.' Clywai Swyn y geiriau, ond roedd yn anodd dirnad eu hystyr. 'Wedi mynd.'

'Ia, del. Wedi mynd,' ailadroddodd y porthor, gan bwysleisio'r geiriau. 'Mae'n ddrwg gen i na fedra' i mo'ch helpu chi. Hen ffrind ia? Ydach chi'n iawn?' ychwanegodd, wrth sylwi pa mor welw oedd Swyn wrth iddi droi i ffwrdd, a'r chwys yn crynhoi uwch ei gwefus. 'Ga' i estyn cadair i chi. Rydach chi'n edrych yn ofnadwy.' Daeth allan o'r tu ôl i'w ddesg. 'Dewch i eistedd i lawr,' meddai wedyn, yn llawn pryder.

'Na, na, mi fydda i'n iawn.' Cerddodd Swyn allan o'r adeilad a'i choesau'n crynu fel jeli. Gwyliodd y porthor hi'n mynd ac ni wnaeth unrhyw ymgais i'w rhwystro. Aeth yn ôl at ei ddesg gan ysgwyd ei ben a chan siarad efo fo'i hun am bob math o bobl yr hen fyd 'ma.

'Mi fydda i'n iawn.' Dywedodd Swyn hynny'n dawel wrthi'i hun bob cam adref ar y bws, er bod y teithwyr eraill i gyd yn edrych yn reit rhyfedd arni, ac yna drwy gydol y nos wrth iddi orwedd ar ei gwely dan grynu a'i llygaid yn llydan agored. Ac yna drannoeth a drennydd wrth iddi syllu ar dudalennau gwag ei phrosiect.

Roedd y gwacter a'r tawelwch yn annioddefol, yn llenwi ei chlustiau â rhyw chwerthin dychanol, creulon, a thrwy'r cyfan, roedd y llais yn ei phen yn dal ati i lafarganu'n ddibwrpas: 'Mi fydda i'n iawn.'

34
(48)

Pump

Gyrrodd Swyn yn ofalus ar hyd y strydoedd culion. Fe allent fod yn rhywle, y rhesi hŷn o dai Edwardaidd â'r brics cochion yn sgleinio yn haul hwyr yr haf. Roeddent yn nodweddiadol o unrhyw dref hynafol ym Mhrydain. Ond nid unrhyw dref oedd hon: Bangor oedd hi.

Ac fe gâi Swyn hi'n anodd iawn i anwybyddu'r tyndra yn ei brest a'r glöynnod byw yn ei stumog. Cymysgedd o boen a phleser o gyrraedd y ddinas hon unwaith eto ar ôl yr holl amser.

Dwy flynedd! Dwy flynedd lawn er pan baciodd ei bagiau prin, troi ei chefn ar y lle a dianc i ganol dieithrwch dinas Caerdydd. Dwy flynedd o unigrwydd ond o brofiadau newydd, positif hefyd; profiadau oedd wedi'i chaledu a'i gorfodi i ddod i delerau â'i gorffennol ac i wynebu'r dyfodol, gan roi golwg newydd iddi arni hi ei hun. Dwy flynedd a allai fod wedi bod yn oes, ond a oedd yn teimlo'n debycach i bythefnos a hithau yn ôl yma'n awr. Doedd dim dianc rhag y gwirionedd: teimlai heddiw ei bod wedi dod gartref.

Dyma hi'r stryd. Doedd hi wedi newid fawr ddim. Arafodd er mwyn darllen y rhifau: dau ddeg pedwar, dau ddeg chwech . . . ia, dyma fo. Gydag ochenaid o ryddhad, parciodd y Metro bach oedd wedi gweld dyddiau gwell y tu allan i'r tŷ. O leiaf roedd o wedi dod â hi i ben ei thaith yn ddiogel, a bu'n werth arbed ei chynilion prin i'w brynu.

Ar unwaith bron, agorodd drws y tŷ a rhedodd merch ifanc â gwallt tywyll cyrliog allan i gyfarch Swyn.

'Swyn! Croeso!'

'Helo Sara!' Cydiodd Swyn ynddi ond â hithau yma o'r diwedd, teimlai ryw swildod yn dod drosti.

Ond doedd Sara ddim yn teimlo unrhyw swildod o gwbl. 'Hei, ti'n edrych yn dda!' Roedd hi'n swnio fel petai'n synnu bod golwg cystal ar Swyn. 'Braidd yn llwyd – isio dipyn o awyr iach mae'n siŵr! Ti wedi torri dy wallt hefyd; mae o'n gweddu i ti. Sut daith gawsoch chi? Faint gymerodd hi? Ddaru'r car fyhafio?'

'Ddim yn rhy ddrwg. Tua phedair awr a stopio rhywfaint hefyd. Ti'n gwybod pa mor brysur ydi hi ar yr A470.'

'Yn rhy dda!' Ond dim ond hanner gwrando ar ateb Swyn wnâi Sara. Roedd hi'n rhy brysur yn ceisio gweld i mewn drwy ffenest y car. 'Mae'n gas gen i orfod gyrru arni . . . Ocê, tyrd yn dy flaen, be wyt ti wedi'i wneud efo Gwenno? Dwi'n gwybod 'i bod hi yn fan hyn yn rhywle . . . O!'

Rhoddodd ebychiad hir a gwenodd Swyn. Roedd ebychiad o'r fath mor gyfarwydd iddi bellach: y sŵn a wna oedolion wrth ddotio at blentyn bach. 'Swyn, mae hi'n gariad bach! Am ddel! Ydi hi wedi cysgu bob cam?'

'Na, ond mae hi wedi bod yn dda iawn chwarae teg. Mae hi'n arfer cysgu yn y prynhawn a dyna pam oeddwn i am gychwyn bryd hynny.' Edrychodd Swyn i gefn y car lle'r oedd merch fach benfelen mewn dyngarîs coch wedi'i chau yn ddiogel yn ei sedd. Gyda'i bawd yn ei cheg a'i bys agosaf ato wedi'i gyrlio o gwmpas ei thrwyn, edrychai fel pe bai'n hanner cysgu. Ond wrth iddynt edrych arni, agorodd ei llygaid brown cysglyd, ac o weld ei mam, gwenodd o'r tu ôl i'w bawd.

'Wel am gariad bach!' Gwirionodd Sara. 'Mae hi am ddeffro!'

Gwenodd Swyn. Gwnâi pobl i'r holl beth ymddangos mor hawdd a syml, yr edmygwyr niferus oedd yn oedi i addoli tlysni plant bach! Oedd, roedd Gwenno yn faban del ac roedd Swyn yn ei charu â'i holl galon er pan ganed hi, ond doedd bywyd ddim yn fêl i gyd – roedd magu plentyn ar eich pen eich hun yn gallu bod yn waith caled iawn! Ymdopi mewn ystafell fechan mewn cornel fechan o ddinas fawr. Crafu byw ar y mymryn lleiaf. Ar eich traed ganol nos yn meddwl lle a phryd, tybed, fyddai popeth yn dod i ben. Mae hyd yn oed y babanod gorau'n crio, ac am oriau ar y tro weithiau – dim ond rhywbeth bach fel torri dant sydd ei angen ar rieni i feddwl bod pob math o salwch ar eu plant, a phan nad oes ond un rhiant o gwmpas, mae'r straen yn llawer gwaeth.

Ond gwestai i Sara oedd Swyn ar hyn o bryd, wedi dod yn ôl i Fangor yn barod i roi popeth y tu cefn iddi a dechrau bywyd newydd, felly ni ddywedodd beth oedd yn mynd drwy'i meddwl. Yn hytrach, aeth ati i ryddhau Gwenno o'i strapiau. Cerddodd Sara o gwmpas y car, gan edrych i mewn o'r ochr arall. Roedd y sedd gefn yn llawn o bethau plant ac ni allai weld fawr ddim arall. 'Lle mae dy bethau di i gyd? Ddoist ti â fawr ddim hefo ti?'

'Mae 'na ddau gês mawr yn y bwt.' Cododd Swyn Gwenno o'i sedd a safodd i fyny, gan ei rhoi i orffwys ar ei chlun. Cuddiodd y fechan ei hwyneb yn ysgwydd ei mam gan sbecian bob hyn a hyn i weld a oedd y ddynes newydd glên yr olwg yn dal i edrych arni. Ac o weld ei bod, gwenodd yn swil. 'Doedd gen i ddim lle i ddim byd arall. Mae'r gweddill yn cael ei anfon ymlaen i mi, ond does 'na ddim llawer mwy beth bynnag. Roedd yr ystafell lle roedden ni'n byw o'r blaen wedi'i dodrefnu'n barod – o ryw fath.'

Agorodd y bwt i estyn un cês mawr allan ohono. 'Rŵan mae Gwenno'n symud i got mawr, felly pan ddwedaist ti y gallet ti gael benthyg un ar ei chyfer hi, mi benderfynais i aros i brynu un yma pan fydda i wedi cael hyd i le, a chael yr holl bethau eraill fyddwn ni eu hangen . . . ' Gwaniodd ei llais. Roedd yr holl bethau oedd arni hi angen eu gwneud yn ymddangos fel mynydd o'i blaen mwya' sydyn.

Tynnodd Sara y cês o'i llaw ar unwaith a chaeodd y bwt yn dynn. Yna cydiodd yn ei braich. 'Tyrd rŵan, Swyn! Mae'n siŵr dy fod ti wedi blino'n lân ar ôl gyrru yma bob cam. Mae Gwion yn aros yn y tŷ; mi ddaw o allan i nôl y rhain. Dyna be mae dynion yn da, ynte?! Bobol bach, mae hwn yn pwyso tunnell! Be sy' ynddo fo? Cerrig?'

'Mi ddois i â chydig o lyfrau hefo fi, ond dillad a sgidiau rhan fwya'.' Gan wenu'n ymddiheurol, ceisiodd Swyn gymryd y cês yn ôl gan Sara.

Ond ei ollwng yn ddiseremoni ar y palmant wnaeth Sara a dweud: 'Na, canolbwyntia di ar ddod â chdi dy hun a'r hogan fach ddel 'ma i'r tŷ, ac mi gawn ni baned o de. Gwion!' gwaeddodd o'r drws ffrynt, gan arwain Swyn a Gwenno i'r tŷ.

Daeth wyneb cyfarwydd Gwion i'r golwg yn y cyntedd wrth i'r dair gyrraedd trothwy'r drws. Yr un hen Gwion, meddyliodd Swyn wrth weld y wên gynnes yn lledu ar draws ei wyneb. Doedd yr un o'r ddau wedi newid llawer a dweud y gwir, er bod y blynyddoedd a aeth heibio wedi dod â chyfrifoldebau newydd i'w rhan hwythau hefyd. Tŷ a morgais, swyddi newydd – Gwion gyda chwmni o gyfreithwyr yng Nghaernarfon a Sara yn astudio i fod yn Fargyfreithiwr.

Tybiai Swyn ei bod hi ei hun wedi newid llawer. Teimlai mor wahanol. Oedd hi'n edrych yr un fath tybed, fel y nhw ill dau? Ers geni Gwenno, roedd popeth cyn hynny'n ymddangos fel breuddwyd ac yn afreal tu hwnt. Ar adegau prin o anobaith a dryswch, roedd yr holl loes wedi mynd yn drech na hi. Roedd popeth wedi bod mor anodd ar y dechrau, yr holl boen, ond wedyn roedd hi wedi gallu ei reoli, ond doedd o erioed wedi diflannu'n gyfan gwbl chwaith.

Yn raddol, dysgodd sut i guddio a chladdu'r boen dan haenau o galedi wrth geisio ymdopi, ac ni edrychodd yn ei hôl o gwbl ar y gorffennol a'r hyn a fu – neu'n waeth fyth, yr hyn a allai fod wedi bod. Unwaith y daeth i delerau â'r sioc o ganfod ei bod yn feichiog, penderfynodd gadw'r plentyn a rhoi'r gofal gorau y gallai iddo.

Serch hynny, cafodd gryn syndod ei bod yn gallu derbyn Gwenno'n syth, ac nid yn unig hynny, ond ei bod yn gallu ei charu hefyd, yn ddi-amod, heb unrhyw gasineb o fath yn y byd. Wedi'r cwbl, roedd y plentyn yn rhan o Caron p'un ai oedd Swyn yn hoffi hynny ai peidio. Roedd y bwndel bach yn brawf byw o un o brofiadau mwyaf ysgytwol, ond mwyaf pwysig, ei bywyd, ac yng nghanol ei chwerwder naturiol wedi iddo ei gadael, poenai Swyn na fyddai'n gallu derbyn plentyn Caron pan gyrhaeddai.

Ond roedd hi'n gryfach na hynny, ac yn benderfynol. Croesawodd y fechan ddiniwed fel person ar ei phen ei hun, a ffynnodd yn y cynhesrwydd newydd ddaeth Gwenno i'w bywyd.

Doedd pethau ddim yn hawdd, ond roedd y ddwy yn ymdopi. Datgysylltodd Swyn ei hun oddi wrth ei hen fywyd yn llwyr, gan dreulio'r rhan fwyaf o'i hamser yn ei hystafell a byw i Gwenno yn unig. Cuddio nes ei bod yn barod – ond ar gyfer beth?

Y cam nesaf, beth bynnag oedd hwnnw – doedd hi fyth yn edrych i'r dyfodol – dim ond cymryd un dydd ar y tro.

Tan heddiw. Cymerodd gam ymlaen heddiw. Yn ofalus ac yn ansicr, ond roedd o *yn* gam ymlaen . . .

'Swyn! Mae hi'n wych dy weld ti eto!' Daeth llais Gwion fel taran i'w chyfarfod ac yna, roedd yn ei chofleidio hi a Gwenno yn ei freichiau. Syllodd y fechan arno mewn braw, ei llygaid fel soseri; cydiodd yn dynnach yn ei mam a rhoddodd ei bawd yn ôl yn ei cheg. 'A dyma Gwenno!' Camodd Gwion yn ei ôl i'w hedmygu, gan wenu fwyfwy. Roedd Swyn yn gwenu hefyd – roedd hi'n braf iawn gweld y ddau yma eto.

'Ie, dyma Gwenno,' atebodd, gan roi cusan ysgafn i'w merch ar ei gwallt melyn cyrliog.

'Mae'n bleser dy gyfarfod di, Gwenno! Mi rydan ni wedi bod yn edrych ymlaen yn arw at gael dy weld di, ac at dy gyflwyno di i Twm. Mi fyddwch chi wrth eich boddau efo'ch gilydd, ti a Twm.'

'Twm?' holodd Swyn, gan grychu ei haeliau. 'Pwy ydi Twm?'

'Twm,' meddai Sara, 'ydi'r crwban. Rŵan Gwion,' gorchmynnodd, 'mae 'na ddau gês anferth allan yn fan'na, yn llawn cerrig neu rywbeth. Dos di i'r afael â nhw ac mi rown ninnau'r tegell i ferwi.

'Iawn, bos.' Rhoddodd Gwion saliwt heriol i Sara cyn troi ar ei sawdl fel soldiwr ac anelu am y car. Edrychai Gwenno'n fwy syn fyth wrth ei wylio'n martsio i ffwrdd!

Aeth Sara yn ei blaen i'r gegin fechan ym mhen draw'r cyntedd ac wrth i Swyn ei dilyn, gyda Gwenno yn ei breichiau, gwyddai ei bod yn falch iawn o fod yno. Efallai mai dod yn ôl i Fangor oedd y peth gorau iddi hi a'r fechan wedi'r cwbl.

* * *

Rai oriau wedyn, roedd Swyn wedi cael trefn ar y dadbacio ac wedi newid a bwydo Gwenno a'i rhoi yn ei gwely. Roedd y fechan yn ddigon bodlon yn y cot mawr yn yr ystafell ddieithr cyn belled â bod ei mam yno i'w swatio'n gynnes gyda thedi ac i edrych ar lyfr efo hi nes ei bod yn syrthio i drwmgwsg ar ôl y daith hir.

Ymlaciodd Swyn, Gwion a Sara o amgylch y bwrdd bwyd ar ôl swper a phan ddechreuodd Swyn glirio'r platiau budron, cododd Sara ei llaw i'w hatal.

'Paid, gad lonydd iddyn nhw! Mi eisteddwn ni efo paned o goffi. Mi wnaiff Gwion a fi y rhain wedyn. Efallai y byddet ti'n hoffi bath a gwely cynnar? Ti'n edrych yn flinedig iawn.'

'Ydw, mi rydw i,' cyfaddefodd Swyn, gan eistedd yn ôl a sipian ei choffi. 'Mae Gwenno wedi bod yn effro'r nos gryn dipyn yn ddiweddar. Dannedd mae siŵr, neu mae hi'n synhwyro 'mod i ar bigau'r drain. Mae'n anodd credu pa mor sensitif y gall plant bach fod! Dydyn nhw'n colli dim byd – deall popeth!'

Roedd Gwion a Sara'n gwrando'n astud, yn llawn cydymdeimlad. Oni bai ei bod hi mor gartrefol yn eu cwmni, gallai Swyn fod wedi teimlo'n annifyr wrth weld y ddau'n syllu arni â'u hwynebau'n llawn cwestiynau. Roedd hi'n naturiol fod ganddyn nhw ddiddordeb a chwestiynau i'w holi ar ôl yr holl amser . . .

'Mae hi'n werth ei gweld,' meddai Sara. 'Dwi'n siŵr dy fod ti'n falch iawn ohoni!'

'Alla' i ddim cymryd y clod i gyd am ei thlysni hi,' meddai Swyn, yn fwy swil y tro hwn.

'Nid hyn'na oedd gen i mewn golwg. Ond *mae* hi'n brydferth, fel y gwyddost ti'n iawn.'

Gwenodd Sara o weld rhyw falchder mamol ar wyneb Swyn.

'Llygaid Caron sy' ganddi hi.' Synnodd Swyn ei hun wrth ddweud ei enw mor ddigyffro. Doedd hi ddim wedi ei ynganu fwy na dwywaith yn ystod y ddwy flynedd diwethaf i gyd, ac eto fe ddaeth yn ddigon didrafferth yn awr.

'Ia.' Roedd Gwion wedi bod yn gyndyn i ymuno yn y sgwrs ond o weld Swyn mor barod i siarad am Caron, meddai: 'Roeddwn i'n arfer ei weld o ar y teledu; dwi'n cofio'r llygaid tywyll yna'n dda . . . ' Edrychodd Sara'n flin arno a thawelodd Gwion drachefn.

Ond roedd Swyn yn gwenu. 'Does dim rhaid i ti sbio mor flin! Dydw i ddim yn mynd i dorri i lawr i grio na dim byd felly! Doedd dim rhaid i mi ddod yn ôl yma cofiwch. Roeddwn i'n gwybod y byddai pawb a phopeth yn f'atgoffa i o Caron, ond mi fydd raid i mi arfer efo hynny.'

'Ti'n dweud ei fod o wedi gadael Bangor? Diflannu heb adael unrhyw gliwiau ar ei ôl?' Roedd meddwl cyfreithiol Sara'n mwynhau delio â ffeithiau; roedd y ddarpar-fargyfreithiwr eisiau astudio'r sefyllfa o bob ongl – ceisio rhoi trefn ar unrhyw amwysedd.

'Do.' Agorai hyn hen glwyfau, ond gorfododd Swyn ei hun i ateb. Roedd hi wedi cynnwys braslun o'r digwyddiadau dramatig rhyngddi hi a Caron yn y llythyr atynt rai wythnosau ynghynt, ond roedd ganddynt hawl i ychydig o gig ar yr asgwrn erbyn hyn. Yn enwedig a hwythau mor glên â hi.

'Ti byth yn . . . Ti rioed wedi'i weld o, na chlywed ganddo fo ers hynny?'

Ysgydwodd Swyn ei phen ac meddai Gwion: 'Dwi bron yn

siŵr nad ydi o'n gweithio ym Mangor, Swyn, a dydan ni ddim wedi'i weld o ar y teledu chwaith.'

Gwelwodd Swyn. 'A dweud y gwir wrthoch chi, mi fues i'n edrych yn y llyfr ffôn,' cyfaddefodd. 'Pe bawn i'n amau ei fod o yma yn rhywle, fyddwn i byth wedi dod 'nôl.' Tawelodd ei llais wrth iddi blygu ei phen a dechrau chwarae ag un o'r matiau ar y bwrdd.

Plygodd Sara'n nes ati. 'Be'n union wnaeth i ti benderfynu dod 'nôl?' Roedd hi'n ceisio cyfeirio'r sgwrs i gyfeiriad arall, llai poenus, yn awr. 'Mi gawson ni andros o fraw pan ffoniodd dy diwtor yma. Am ddwy flynedd bron roedden ni'n methu deall beth oedd wedi digwydd i ti, ac i lle'r oeddet ti wedi mynd, ychwanegodd yn geryddgar. 'Ddylet ti ddim fod wedi mynd i ffwrdd fel'na. Diflannu'n llwyr heb adael 'run cliw – mi allet ti fod wedi aros nes ein bod ni 'nôl a dweud popeth wrthon ni! Roedden ni gartref mewn tair wythnos! Ni ydi dy ffrindiau di – mi fydden ni wedi bod yn falch o gael helpu . . . '

'Sara!' meddai Gwion yn flin. 'Roedd Swyn wedi cael gwaeth sioc ei hun, a beth bynnag, dŵr dan bont ydi peth felly rŵan. Dydi hi ddim isio mynd drwy'r cwbl efo ni.'

'Na, mae hi'n iawn.' Gwenodd Swyn arno'n ddiolchgar. Roedd hi'n barod am yr holl gwestiynau, un felly oedd Sara – doedd hi ddim yn meddwl dim drwg, ond roedd hi'n siŵr o fod eisiau gwybod llawer mwy na'r braslun a roddodd Swyn iddyn nhw yn ei llythyr. 'Mae gen ti berffaith hawl i holi. Fyddwn i ddim wedi derbyn eich gwahoddiad chi oni bai 'mod i'n barod i agor fy nghalon i rywun.'

'Wel, does dim raid i ti wneud hynny rŵan,' mynnodd Gwion yn warchodol, er mawr siom i Sara. 'Mae fory heb ei gyffwrdd.'

'Na, wir, mi hoffwn i gael dweud.' Roedd Swyn o ddifrif ac anadlodd yn ddwfn cyn mynd ati i adrodd yr hanes trist i gyd. A doedd dim amdani ond dechrau o'r dechrau.

''Dach chi'n gwybod 'mod i wedi cael y berthynas yma efo Caron.' Roedd y cyfan yn swnio mor gyffredin, ond doedd dim yn gyffredin am y garwriaeth. Ochneidiodd wrth feddwl mai dim ond un ddrama arall i'w llwyfannu fu'r cyfan i Caron. Mor galed, mor oeraidd.

Aeth yn ei blaen. 'Wel, roeddwn i'n gwybod nad oedd o mewn rhyw gyflwr emosiynol sefydlog iawn, ar ôl colli'i wraig a'r holl broblemau oedden nhw wedi'u cael, ond roeddwn i'n meddwl y buaswn i'n gallu bod o gymorth iddo fo i ymdopi â hynny ac y gallen ni, wedyn . . . '

Ni allai feddwl am eiriau ac roedd hi'n edifar gan Sara roi pwysau arni. 'Does dim raid i ti, Swyn – mae'n ddrwg gen i 'mod i wedi gofyn.'

Llyncodd Swyn ei phoer ac ysgwyd ei phen. 'Na, mi rydw i isio; dwi rioed wedi dweud dim am hyn o'r blaen. Mae o'n gwneud popeth yn fwy real rhywsut.'

'Cymera di dy amser,' meddai Gwion yn garedig, gan siarad â hi yn union fel y byddai'n siarad ag un o'i gwsmeriaid yn y swyddfa. 'Cymera d'amser, Swyn.'

'Roedd popeth yn wych tra parodd o.' Câi drafferth i ddod o hyd i'r geiriau iawn. 'Roeddech chi i ffwrdd a finnau ar fy mhen fy hun, ac ar ôl yr ymweliad cyntaf yna, pan oedd o'n ddigon i godi ofn arna' i . . . ' gwridodd, ond ni chymerodd yr un o'r ddau arall sylw, dim ond dal i wrando'n astud, ' . . . mi roedden ni'n cyd-dynnu'n andros o dda. Mi ge's i amser gwych efo fo. Mynd allan o hyd a finnau'n syrthio dros fy mhen a 'nghlustiau mewn cariad yn ara' bach,' cyfaddefodd. 'Mi roeddwn i'n meddwl ei fod o'n teimlo'r un fath hefyd.' Chwaraeai'n ddi-baid â'r mat ar y bwrdd. 'Yna, mi ddaeth pethau i ben yn y diwedd, cyrraedd rhyw . . . '

'Uchafbwynt?!' awgrymodd Sara'n bragmatig.

'Mi allet ti ddweud hynny.' Tynhaodd gwefusau Swyn. 'Mi aethon ni i fwthyn un o'i ffrindiau ym Mhen Llŷn. Digwyddodd popeth yn annisgwyl iawn – dyna'r bwriad mae'n bur debyg.' Wynebu hynny oedd y peth anoddaf, ond roedd hi wedi cael dwy flynedd i ddod i delerau â'r peth. 'Tan hynny, roedd o wedi – wedi ymatal. Roeddwn i'n meddwl ei bod hi'n rhy fuan ganddo fo i wneud unrhyw ymrwymiad ar ôl colli'i wraig, felly doeddwn i ddim yn barod o gwbl, ac mi roeddwn innau'n amhrofiadol wrth gwrs, fel y gwyddoch chi . . . ' Ysgydwodd ei phen gan wrido. 'Ond mi ddigwyddodd.' Roedd hi'n benderfynol o fod yn onest efo nhw. 'A doedd dim bwys gen i, oherwydd roedd popeth yn ymddangos mor dda, mor *iawn*.' Oedodd a'i meddyliau'n crwydro i'r gorffennol. Yna daeth yn ôl i'r presennol. 'Pan ddaethon ni'n ôl i Fangor, roeddwn i'n disgwyl i ni gario ymlaen o'r fan honno . . . datblygu pethau . . . '

Roedd Gwion a Sara'n fud. Brwydrodd Swyn ymlaen. 'Rai dyddiau wedyn, mi e's i draw i lle'r oedd o'n byw ac mi ddaru nhw ddweud wrtha' i 'i fod o wedi pacio'i bethau wythnos cyn ein gwyliau byr ni ym Mhen Llŷn, ac ar ôl dod 'nôl, ei fod o wedi – diflannu.

'Be? Oedd o'n gwybod ei fod o'n mynd?' holodd Sara mewn anghrediniaeth. 'Dyna oedd ei fwriad o?' Allai hi ddim credu'r peth a doedd hynny'n fawr o syndod i Swyn. Dyma'r rhan o'r stori yr oedd hi'n ei chael yn anodd i'w dirnad bob tro y byddai'n ei throi a'i throsi yn ei meddwl.

'Am wn i.' Rwbiodd ei llygaid yn flinedig. 'Dyna sy'n mynd drwy 'meddwl i o hyd,' cyfaddefodd, 'a dwi wedi dod i ddeall bellach mai 'nefnyddio i oedd o, i dalu'n ôl am yr hyn ddigwyddodd iddo fo. Roeddwn i'n cynrychioli *pob* merch iddo fo – yn symbol o'r rhyw deg oedd wedi'i frifo fo cymaint.'

'Ond pam ti?' holodd Sara, wrthi hi ei hun bron.

'Wn i ddim. Fi oedd yn digwydd bod wrth law ar y pryd. Na, mi roedd o'n fwy na hynny hefyd – fi welodd y ddamwain, os mai damwain oedd hi. A fi safodd ar fy nhraed yn y llys 'na i adrodd yr hanes, ac awgrymu mai arni hi oedd y bai, ei bod hi wedi'i wneud o'n fwriadol . . . ta waeth, roedd o'n casáu hynny, ac arna' i roedd o'n gweld bai. Mi wela' i hynny rŵan. Roedd o'n gandryll efo fi yn y cwest, ond mi anghofiais i hynny i gyd ar ôl dod i'w adnabod o'n well . . . roedd o mor . . . '

'Y basdad! Dy wneud di'n rhyw fath o fwch dihangol!'

'Clyfar iawn hefyd,' meddai Gwion wrtho'i hun.

'Gwion! Sut alli di?' Roedd Sara'n gynddeiriog.

'Na, mae o'n dweud y gwir! Mi lyncais i'r cwbwl, bob cam o'r ffordd. Mae'n anodd deall hynny rŵan, ond mi roeddwn i wedi fy nal mewn rhyw fath o ffantasi ac yn teimlo mor arbennig, mor rhyfedd – roeddwn i fel pe bawn i wedi 'ngwarchod rhag realiti, gan mai hwn oedd y tro cyntaf, a phopeth mor . . . ' Trodd ei phen, ond yna syllodd ar y ddau eto, yn benderfynol o ddweud popeth. 'Weithiau,' meddyliodd yn uchel, 'dwi'n amau 'mod i *isio* bod yn feichiog! Rhywle yn ddwfn yn fy isymwybod, fedrwch chi ddeall hynny . . . ?'

'Wel, os ydan ni am fynd i fyd seicoleg, mae o yr un mor debygol fod Caron isio dy wneud di'n feichiog,' meddai Sara. 'Mae dynion yn gallu bod yn greaduriaid rhyfedd iawn, paid byth ag anghofio hynny, Swyn.'

'Dwi ddim yn debygol o wneud hynny rŵan, nac ydw?' gwenodd Swyn, yn falch o gydymdeimlad ei hen ffrind.

Roedd Gwion wedi ymgolli gormod yn y stori i geisio achub ei gam ei hun. A dweud y gwir, roedd o'n amau bod Sara wedi taro'r hoelen ar ei phen. Os oedd y dyn pwerus yma eisiau dial o ddifrif, a gadael ei ôl ar burdeb Swyn am byth, pa well ffordd allai o fod wedi'i dewis. Boed hynny'n fwriadol neu'n anfwriadol.

'Ar y dechrau, ar ôl iddo adael, roeddwn i mewn stad ofnadwy.' Teimlai ei bod yn haws siarad rŵan, ar ôl dechrau. 'Wnes i ddim sgwennu gair arall o'r prosiect, dim ond eistedd a chrio, gan fethu â gwneud pen na chynffon o bopeth oedd wedi digwydd.'

'Biti ein bod ni i ffwrdd.' Roedd Sara'n flin unwaith eto.

'Ar ôl pythefnos, mi ddechreuais i gyfri'r wythnosau ar y calendr . . . ac yna mynd at y meddyg am gadarnhad, ac . . . ' Allai Swyn ddim mynd yn ei blaen.

'Mi ge'st ti wybod dy fod ti'n feichiog ac mi godaist ti dy bac?'

'Doedd gen i neb i droi ato. Roedd Caron wedi mynd, a beth bynnag, doeddwn i ddim am iddo fo wybod dim ar ôl be ddigwyddodd. Ac mi roeddwn i'n gwybod na allwn i aros yma yr un funud yn hwy. Roeddwn i'n casáu'r lle mwya' sydyn!' Torrodd ei llais. Bu'n gyfnod anodd iawn iddi – yr ysfa i ddianc rhag yr unig wreiddiau a fwriodd erioed. 'Mi ge's i wared â phopeth, ar wahân i chydig lyfrau, papurau a dillad, ac i ffwrdd â mi i Gaerdydd. Wnes i ddim meddwl i ble yn union – Caerdydd oedd y dewis amlwg.'

'Diflannu yng nghanol yr holl bobl 'na.' Gwion oedd yn athronyddu y tro hwn.

'Yn union. Roeddwn i isio claddu 'mhen yn y tywod a pheidio gorfod ateb i neb. Mi ge's i afael ar ystafell, sobor o sâl a sobor o ddrud, ond felly maen nhw i gyd. Ac mi ge's i afael ar feddyg hefyd a dechrau derbyn dôl, a byw o ddydd i ddydd. Dyna sy'n rhyfedd am fod yn feichiog,' gwenodd ei llygaid, 'mae rhywun mewn rhyw fath o gocŵn diogel, waeth pa mor anhapus y bydd hi'n teimlo.'

'Wnest ti ystyried cael gwared â'r babi?' holodd Sara'n ddigywilydd.

Atebodd Swyn ar unwaith. 'Naddo! Dim o gwbl. Roedd hi'n rhan ohona' i drwy'r amser, ac er gwaethaf popeth oedd wedi digwydd, mi roeddwn i 'i heisiau hi. *Oherwydd* popeth efallai.' Edrychai Swyn yn ddwys wrth i'r posibilrwydd hwn ei tharo.

Roedd Gwenno'n bwysig iddi am mai hi oedd yn tyfu y tu mewn iddi; roedd hi hefyd yn ddarn o Caron y gallai ei drysori am byth. Cofnod o amser da – hapus yn ei ffordd ei hun, er iddo orffen mor drist. Roedd ei theimladau hi tuag ato wedi bod yn rhai real iawn wedi'r cyfan, waeth faint o chwerwder yr oedd hi wedi'i brofi ers hynny.

'Fyddwn i ddim wedi colli'r profiad o gael Gwenno am bris y byd,' meddai'n bendant.

Syllodd Gwion arni heb ddweud gair ond penderfynodd Sara ei bod yn amser iddyn nhw gael gweddill y stori. 'Felly pam wnest ti benderfynu cysylltu â dy diwtor ar ôl yr holl amser?'

'Cwestiwn da! Mi gymerodd dipyn o blwc,' cyfaddefodd Swyn, 'yn enwedig gan fy mod i wedi gadael y cwrs heb unrhyw eglurhad o fath yn y byd. Ond pan ddaeth hi'n ben-blwydd cyntaf Gwenno, mi sylweddolais i na fyddwn i'n gallu dal ati fel yr oeddwn i. Mae hi'n gwmni da cofiwch, ond roeddwn i'n teimlo 'mod i angen mynd allan o'r tŷ a chael gwaith neu rywbeth. Gweld oedolion eraill. Allwn i ddim dal ati i fyw ar y wlad am byth ac mi roeddwn i'n casáu Caerdydd,' ychwanegodd. 'Roedd o'n iawn i ddechrau, ond doedd gen i ddim ffrindiau go iawn, dim ond y bobl roeddwn i'n eu gweld yn y siop neu'r tŷ golchi . . . pobl heb wreiddiau . . . fel fi.' Ysgydwodd ei phen. 'Mae byd rhywun mor ansicr mewn lle fel'na ac mi roeddwn i wedi cael llond bol ar fyw mewn un ystafell o hyd, heb ddigon o arian i wneud dim byth . . . '

'Wnest ti ystyried ceisio dod o hyd i Caron? Mynnu arian i'ch cynnal chi'ch dwy? Mae Gwenno'n ferch iddo fo wedi'r cyfan.' Roedd Gwion yn siarad fel cyfreithiwr unwaith eto.

Cafodd Swyn fraw. 'Dim peryg! Roedd popeth drosodd. Y peth olaf fyddai arno fo ei angen fyddai plentyn. A beth bynnag, lle fuaswn i'n dechrau chwilio? Roedd o wedi diflannu o Fangor ac fel roeddet ti'n dweud, does 'na ddim sôn amdano fo mewn dramâu nac ar y teledu – cyn belled ag y galla' i weld beth bynnag . . . ' Cochodd wrth gyfaddef ei bod wedi bod yn cadw llygad amdano, mewn hysbysebion yn y theatr ac ar y teledu. 'Efallai dy fod ti'n disgwyl i mi logi ditectif preifat i chwilio amdano fo ar hyd a lled y wlad?!'

Er bod Swyn yn ymddangos yr un fath ar yr wyneb, roedd hi wedi newid llawer, meddyliodd Gwion a Sara. Ac fel pe bai am gadarnhau eu meddyliau, meddai Swyn: 'Dwi'n annibynnol, a'r peth olaf mae Gwenno a fi isio ydi rhywun sydd ddim ein hisio ni.'

'Mi rydan ni eich hisio chi, Swyn.' Roedd Gwion yn glên a charedig unwaith eto.

Atebodd Swyn gyda gwên flinedig, gynnes. 'Diolch, Gwion. Ond mi wyddost ti be dwi'n feddwl.'

Torrodd Sara ar eu traws. Roedd yr amser yn hedfan a

llestri angen eu golchi, a doedd hi ddim wedi clywed yr hanes i gyd. 'Felly mi benderfynaist ti ddod 'nôl i Fangor?'

Nodiodd Swyn. 'Dyma'r unig le dwi wedi setlo ynddo rioed – ers i Taid a Nain farw. Doeddwn i ddim yn meddwl y byddai Caron yn dod yn ei ôl yma ar ôl popeth . . . ac mi roeddwn i isio eich gweld chi eto. Felly mi ge's i hyder o rywle i sgwennu at John, fy nhiwtor.'

'Ac mi roedd o'n barod i dy helpu di?' holodd Sara, wrth i Swyn wyro'i phen yn ôl a chau ei llygaid yn ddiog.

'Roedd o'n swnio'n falch iawn pan ffoniodd o yma i ofyn am gael anfon ein cyfeiriad ni atat ti,' meddai Gwion.

'Mae o'n foi clên iawn. Faswn i byth wedi gallu cael gwell tiwtor. Ac mi roeddwn i'n difaru f'enaid .'mod i wedi gadael yr M.Sc mor agos at y diwedd. Felly, dyma ofyn a oedd unrhyw obaith cael dechrau o'r fan honno, gan ymddiheuro ac egluro mai am resymau personol yr oeddwn i wedi diflannu. Mi ddwedais i y buaswn i'n gallu ymdopi â gorffen y traethawd pe bawn i'n cael hyd i swydd ran-amser a chael blwyddyn arall ganddo. Mae gan y coleg feithrinfa dda, ac mae Gwenno'n bymtheg mis rŵan. Roeddwn i'n gwybod 'mod i'n ddigywilydd fel het, ond mi sgwennais i beth bynnag, ac . . . '

'Mi sgwennodd yn ôl yn gadarnhaol. Go dda fo!'

Gwenodd Swyn ar Gwion, gan werthfawrogi ei ymateb bositif. 'Do wir! Mi ddwedodd y gallai o drefnu ysgoloriaeth ymchwilydd cynorthwyol i mi am flwyddyn yn yr adran er mwyn i mi fedru ennill rhyw fath o fywoliaeth yn dysgu'r myfyrwyr cyn-radd tra 'mod i'n ailafael yn fy ngwaith fy hun. Allwn i ddim credu 'nghlustiau! Ac mi ddwedodd hefyd, pe bawn i'n llwyddo i gwblhau'r M.Sc, y gallwn i ei droi o'n ddoethuriaeth ac ymestyn yr ysgoloriaeth. Roedd o'n dweud y byddai o'n falch iawn o 'nghael i'n ôl a bod chwith mawr ar fy ôl i pan . . . ' Am y tro cyntaf, llanwodd llygaid Swyn â dagrau. Caredigrwydd oedd yr unig beth a allai dreiddio drwy'i hamddiffynfeydd bellach. 'Roedd o'n andros o glên. Mi ofynnodd o tybed oedd 'na rywun y gallwn i aros efo nhw i gael fy nhraed 'danaf, ac mi ddwedais innau 'mod i'n ffrindiau efo chi'ch dau, ond nad oedd gen i syniad lle'r oeddech chi rŵan. Roeddech chi wastad wedi dweud y byddech chi'n symud ar ôl graddio.'

'Roedden ni wedi symud ond mi gafodd o afael ar ein cyfeiriad ni drwy Gymdeithas y Gyfraith. Roedden ni yma ers blwyddyn erbyn hynny.' Gwenodd Sara. 'Ew! mi roedd hi mor braf clywed gen ti ar ôl yr holl amser 'na, Swyn. Roedden ni mor falch!'

'Ac mi rwyt ti *yn* gwneud y peth iawn,' ychwanegodd Gwion, 'yn bendant, ac mi gei di aros yma cyhyd ag y byddi di angen. Mae'n rhaid i ti gael hyd i le sy'n eich siwtio chi'ch dwy i'r dim cyn meddwl symud.'

'Mi rydych chi'ch dau mor glên hefyd.' Chwythodd Swyn ei thrwyn. 'Sori, wn i ddim pam rydw i . . . dwi ddim yn arfer . . . '

'Wel, efallai 'i bod hi'n hen bryd!' meddai Sara'n gysurlon, ond yn ymarferol. 'Mae gofid yn siŵr o ddod i'r wyneb yn hwyr neu'n hwyrach os nad wyt ti'n gallu'i rannu fo efo rhywun. A beth bynnag, ti wedi ymlâdd, dydi hynny'n ddim help.'

'Ddylen ni ddim fod wedi gadael i ti ddweud hyn i gyd heno.' Roedd llais Gwion yn gadarn rŵan. 'Mi allai'r cyfan fod wedi aros tan fory o leia'.'

Gwenodd Swyn yn wan.

'Wel, mae 'na fis llawn cyn bydd y tymor yn dechrau. Fyddwn ni ddim ar draws eich tŷ chi yn hir, siawns.'

'Ar draws ein tŷ ni! Paid â siarad mor wirion, Swyn; mi rydan ni'n mynd i fwynhau pob munud. A dweud y gwir, mi rwyt ti'n gwneud cymwynas â ni. Rhoi blas i ni ar fywyd teuluol cyn i ni fentro cael plant ein hunain.' Edrychodd Gwion i gyfeiriad Sara oedd yn barod iawn ei hateb. 'Dim nes 'mod i wedi cael fy nhraed 'danaf fel bargyfreithiwr dallta! Ac os wyt ti am ddechrau hel meddyliau am gael plant, mi fydd raid i ni briodi gynta',' meddai'n bendant. 'Tan hynny, mi fydd raid i ti fodloni ar Twm!'

'Mae Twm yn iawn, ond fedar rhywun ddim rhoi mwythau iddo fo fel i Gwenno,' cwynodd Gwion.

'Ie, ond dydi o ddim yn dy gadw di'n effro yn y nos yn torri dannedd, cofia.' Chwarddodd y tri ac fe ymlaciodd Swyn yn braf.

'Mae Twm yn chwyrnu drwy'r nos ac yn cysgu drwy'r gaeaf. Braf ar rai! Dydi o'n dda i ddim fel cwmni ar wahân i'w sŵn o'n cnoi letys,' chwarddodd Gwion.

Gwenodd Swyn. 'A sôn am gysgu, dwi am fynd am y cae sgwâr rŵan os nad oes ots ganddoch chi. Os bydd Gwenno'n penderfynu deffro ganol nos, mi dria' i beidio gadael iddi eich styrbio chi.'

'Twt twt, does dim isio poeni am hynny siŵr. Ffwrdd â chdi rŵan.' Cododd Sara o'i chadair ac aeth draw at Swyn. 'Mi ddylen ni fod wedi gadael i ti fynd i'r gwely ers meityn, ond mae hi wedi bod yn braf cael clywed yr hanes i gyd o'r diwedd.'

'Roeddwn innau'n falch o gael dweud.' Rhwbiodd Swyn ei llygaid. 'Diolch am wrando. Mae'n – mae'n braf bod 'nôl.'

Crynodd ei llais wrth iddi sylweddoli pa mor wir oedd hynny. Roedd dod yn ôl yma fel dod yn ôl i'r byd go iawn; dechrau newydd. Nid glynu wrth y gorffennol o gwbl, ond edrych tua'r dyfodol.

'Mi rydan ninnau'n falch iawn o dy gael di'n ôl.' Roedd Gwion wedi codi ar ei draed ac wedi dechrau clirio'r bwrdd. 'Mi rydan ni'n edrych ymlaen at hyn, tydan Sara? Mi allwn ni fynd â chdi allan dipyn ac edrych ar ôl Gwenno weithiau, i ti gael amser i ti dy hun. Dipyn o ymarfer i ni!'

Anwybyddodd Sara'r sylw. Roedd hi'n rhy brysur yn cydio yn Swyn oedd yn ddigon simsan ar ei thraed ac yn mwmian 'Rydych chi mor glên,' wrth i Sara ei harwain at y drws.

'Tyrd yn dy flaen, Swyn. Am y gwely 'na. Mi ddo' i i fyny efo ti i wneud yn siŵr fod popeth gen ti.'

'Ga' i ddod i fyny i weld Gwenno?' holodd Gwion. 'Dwi'n siŵr ei bod hi'n edrych yn angylaidd wrth gysgu.'

'*Os* ydi hi'n cysgu,' atebodd Swyn yn wantan.

'Gwell fyth os ydi hi'n effro,' meddai Gwion yn obeithiol.

'Aros di'n fan'na a golcha'r llestri,' gorchmynnodd Sara.

'Mi weli di ddigon ar Gwenno yn ystod yr wythnosau nesaf 'ma.'

Chwarddodd Gwion wrth glirio'r platiau. 'Nos da 'te, Swyn, cysga'n dawel.'

'Nos da, Gwion, a diolch eto am bopeth.'

'Paid â diolch o hyd! Mi rydan ni wrth ein boddau, sawl gwaith sydd raid dweud?'

'A beth bynnag,' meddai Sara wrth arwain Swyn ar hyd y cyntedd, 'dydan ni ddim wedi gwneud dim byd eto!'

'Dim ond bod yma a finnau angen rhywle i aros,' atebodd Swyn. 'Dyna'r peth pwysicaf, coelia di fi, Sara!'

O'i gwely, gallai Swyn weld siâp Gwenno'n cysgu ym mhen pellaf yr ystafell dywyll, yn fwndel bychan yn y cot pren mawr. Ac am rai munudau, gorweddodd gan syllu draw ar ei merch, a chan obeithio a gweddïo, fel y gwnâi bob amser, mai'r llwybr a fyddai hi'n ei ddewis ar gyfer y ddwy ohonynt fyddai'r llwybr iawn. Ond o'r diwedd, ni allai frwydro rhagor yn erbyn ei blinder. Caeodd ei hamrannau a syrthiodd i drwmgwsg braf yn y gwely esmwyth.

Chwech

19

Diwedd mis Awst oedd hi – yr un adeg yn union â phan adawodd Swyn Bangor, ac ar brynhawn cynnes braf, cerddai ar hyd y pier gyda Sara a Gwenno.

Am y trydydd tro, plygodd i godi'r het haul fechan oddi ar y llawr a'i gosod yn ôl ar y gwallt cyrliog melyn ac am y pedwerydd tro, cydiodd Gwenno ynddi ar unwaith a'i thaflu'n ôl i'r llawr yn ddidrugaredd. Cododd Swyn yr het drachefn gan wenu ar Sara, oedd yn gwthio'r goets.

'Y gyntaf o sawl brwydr, dybiwn i. Roeddwn i'n benderfynol o beidio tynnu'n groes iddi ar y dechrau, ond rywsut . . . '

'Er dy les di dwi'n gwneud hyn!' meddai Sara, gan wenu a phwyntio bys chwareus ar y fechan flinedig. 'Paid â phoeni. Arwydd o gariad mam ydi o dwi'n siŵr. Dydi Gwenno byth yn tynnu'n groes i mi na Gwion,' ychwanegodd.

'Mae hi wrth ei bodd efo'r ddau ohonoch chi ac mae hynny'n beth braf iawn. Mi rydw i'n gwerthfawrogi hyn wyddost ti – y ffordd 'dach chi wedi edrych ar ei hôl hi i mi, a phopeth arall. Mae o'n gwneud lles iddi fod oddi wrtha' i bob hyn a hyn. Mi fydd raid iddi arfer os bydd hi'n mynd i feithrinfa tra dwi'n y coleg.'

'Bydd,' cytunodd Sara, 'a tithau hefyd.'

Syllodd Swyn yn ei blaen gan edmygu harddwch y cei ar ddiwrnod mor braf. Roedd y fan yma'n llawn atgofion – yr oriau a dreuliodd gyda Caron, a phobl Bangor o'i chwmpas ym mhob man, a'r ymwelwyr. Yn union fel o'r blaen. Daeth rhyw hiraeth mawr drosti.

Gwthiodd ei dwylo i'w phocedi a brasgamodd yn ei blaen, ochr yn ochr â Sara a Gwenno yn awr, nid Caron. Doedd fiw iddi edrych yn ôl ac roedd Sara newydd ddweud gwirionedd poenus iawn wrthi. Mi fyddai bod ar wahân i Gwenno am oriau ar y tro yn llawer gwaeth iddi hi nag i'r fechan. Roedd Gwenno'n mynd i ymdopi'n iawn, roedd Swyn yn siŵr o hynny, ond y fechan oedd ei bywyd hi. Byddai'r peth yn anos o lawer iddi.

Roedd cael rhywun arall i wthio'r goets yn brofiad newydd hyd yn oed! Trodd at Sara. 'Mi rydach chi mor dda efo fi, yn fy helpu i i dorri oddi wrth y gorffennol, ar ben popeth arall.'

'Rydan ni wrth ein boddau, mi wyddost hynny'n iawn. Mae'n rhaid i ni dy gael di'n ôl ar dy draed. Mi gawson ni andros o fraw pan wnest ti ddiflannu fel yna, Swyn. Doedd y fflat ddim yr un fath hebddot ti, ac mi adawodd Gareth yn fuan wedyn. Dyna pryd wnaethon ni benderfynu cymryd y cam mawr a phrynu tŷ.'

Plygodd Swyn i sychu trwyn Gwenno. 'A rŵan mae Gwion yn barod i gymryd y cam mawr nesaf?'

'Mae Gwion yn addoli plant,' meddai Sara gan wenu ar Gwenno. 'Os cawn ni fenthyg hon am dipyn, efallai y bydd hynny'n ei fodloni o. Cofia di, mi rydw innau isio plant ryw dro, ond . . . '

'Dwyt ti ddim yn barod eto? A pham ddylet ti fod?' Gallai Swyn ddeall hynny'n iawn. 'Mae gen ti lond gwlad o bethau i'w gwneud cyn i ti gael dy glymu i lawr gan blant. Ac er nad ydi *cynllunio* teulu wedi bod yn un o 'nghryfderau i hyd yma, mi fydd o yn y dyfodol, cred ti fi.' Ac yna, yn dawelach, 'Os oes 'na ddyfodol.' Efallai fod y rhan honno o'i bywyd eisoes ar ben – cyn iddo dechrau bron.

Doedd Sara ddim i fod i glywed y geiriau olaf, ond fe stopiodd y goets yn stond nes peri i Gwenno godi'i phen yn flin. 'Wrth gwrs fod 'na ddyfodol, a llawer mwy o gariad a chynhesrwydd a phob dim arall.'

Roedd llygaid Gwenno fel soseri wrth iddi syllu ar Sara ac

yna ar ei mam i wneud yn siŵr fod popeth yn iawn. Yna trodd i edrych yn ei blaen gan ddechrau swnian, wedi cael digon ar fod yn llonydd.

Aethant yn eu blaenau, ond doedd Sara ddim am adael i bethau fod. 'Mae 'na ddigon o bysgod yn y môr, nid Caron Lewis ydi'r unig ddyn yn y byd. Mi rwyt ti'n hogan ifanc smart efo personoliaeth wych.' Roedd hi'n siarad yn blaen yn awr. 'Ac yn gryf, Swyn, a chofia di, wnaeth o mo d'adael di am nad oeddet ti'n werth aros efo ti. Mae'n gwbl amlwg fod ganddo ei syniadau bach rhyfedd ei hun, ond doedd hynny'n ddim byd i'w wneud efo ti'n bersonol, felly paid â meiddio meddwl hynny am fod un dyn wedi . . .'

Torrodd Swyn ar ei thraws. 'Dwi *yn* gwybod hynny, Sara, ond diolch i ti am ddweud yr un fath. Dwi'n ceisio dweud yr un peth wrtha' i fy hun o hyd, ond mae ei glywed o gan rywun arall yn golygu llawer mwy – diolch.'

Trueni na fyddai gen i ddiddordeb yn y pysgod eraill yna!

Ymlaciodd Sara wrth iddyn nhw ailddechrau cerdded eto. Roedd hi eisiau dweud hyn'na wrth Swyn ers talwm, ac roedd hi'n falch ei bod wedi llwyddo o'r diwedd.

'Beth bynnag,' meddai Swyn wedi peth distawrwydd, 'nid dyna'r unig beth oedd gen i dan sylw wrth sôn am y dyfodol. Os na helia' i 'nhraed a dod o hyd i fflat cyn i'r tymor ddechrau, mi fydd y dyfodol wedi cyrraedd cyn i mi fod yn barod amdano.'

Roedd Swyn wedi treulio'r rhan fwyaf o'r bythefnos ddiwethaf yn ceisio dod o hyd i rywle i fyw. Roedd hi'n benderfynol o gael lle mwy y tro hwn, ond doedd y rhent y medrai hi ei dalu ddim hanner digon i ganiatáu iddi gael lle felly. Lleoedd digon tebyg i'r ystafell oedd ganddi yng Nghaerdydd oedd ym mhob man, a doedd hi ddim am fyw mewn lle felly eto.

Edrychodd Sara arni'n llawn cydymdeimlad. 'Dim lwc efo'r Swyddog Llety yn y coleg y tro diwethaf chwaith? Rhyfedd na fydden nhw wedi gallu cael gafael ar rywle bellach.'

'Maen nhw'n cadw'u llygaid a'u clustiau yn agored

medden nhw, ond mae fflat fel baswn i'n 'i hoffi yn beth prin iawn yn ôl pob tebyg. Pawb isio fflat go fawr hefo tair ystafell. Mi roeddwn i'n ffŵl yn meddwl y cawn i hyd i le yn fuan.'

'Newydd ddechrau chwilio wyt ti! Mae 'na ddigon o amser – paid â phoeni.'

'Digon gwir, ond mi roeddwn i wedi meddwl cael setlo i mewn yn iawn cyn dechrau'r tymor. Alla' i ddim byw efo chi am byth.' Swniai Swyn yn reit ddigalon. Ochneidiodd Sara. 'Pa sawl gwaith sydd raid dweud, mae'n bleser eich cael chi acw. Mi ddaw 'na rywbeth yn fuan.'

'Gobeithio wir. Dwi ddim isio swnio'n anniolchgar, ond . . .'

'Dwi'n deall. Ti angen lle i ti dy hun, wrth gwrs.' Stopiodd Sara'r goets unwaith eto gan dynnu sylw Gwenno at y cychod ar yr afon o'u blaen i'w chadw'n ddiddig. 'Reit, dim mwy o siarad fel hyn rŵan. Mae Gwion a finnau wedi bod yn trafod ac wedi penderfynu fod arnat ti angen noson allan.'

'Allan? I ble? Pwy sy'n mynd i . . . ?'

'Mae Gwion yn mynd i warchod Gwenno ac mi rwyt ti'n dod allan efo fi.'

'Ydw i? Ydi o wir?'

'Dwi wedi cael dau docyn i Theatr Gwynedd nos Sadwrn i weld cynhyrchiad newydd. Mae pawb yn ei ganmol o'n arw a dydw i ddim wedi bod yn y theatr ers oes. Dydi Gwion ddim yn rhy hoff o ddramâu, felly pur anaml ydan ni'n mynd. Mi fyddai'n braf cael dy gwmni di ac mi rydw i'n gwybod dy fod ti wrth dy fodd yn y theatr, Swyn.'

'Wel ydw, ond . . . ' Roedd Sara wedi disgwyl ymateb cymysg. Ar y naill law, roedd Swyn wedi'i themtio'n arw gan y cynnig – doedd hi ddim wedi bod allan yn iawn ers dwy flynedd. Ond ar y llaw arall, roedd arni ofn. Roedd hi wedi bod yn Theatr Gwynedd gyda Caron sawl gwaith, ac fel sawl man arall ym Mangor, doedd hi ddim yn siŵr a oedd hi'n barod i fynd yn ôl yno eto.

Gwyliodd Sara ei hwyneb yn ofalus drwy gil ei llygad a

cheisiodd ddwyn perswâd arni. 'Mi wnâi fyd o les i ti ac mi fyddet ti'n gwneud cymwynas â fi, a Gwion wrth gwrs.'

'Gwion? Sut?'

'Mae o bron â marw isio cael y fechan iddo fo'i hun am noson gyfan byth ers i chi gyrraedd acw.'

Chwarddodd Swyn ac yna ildiodd i'r demtasiwn. 'Iawn – ti sy'n ennill. Does gen i fawr o ddewis nac oes? Mi dwi'n edrych ymlaen. Be ydi'r cynhyrchiad yma felly? Pwy sydd ynddo fo?'

* * *

Roedd y ddrama'n arbennig o dda, yn llawn hiwmor ond gyda neges ddifrifol ar y diwedd. Yr actorion a'r cynhyrchu'n taro deuddeg a'r set yn wych, ac roedd y theatr bron yn llawn. Gwisgai Swyn yr unig ddillad gorau oedd ganddi, heb ôl dwylo budron na baw trwyn Gwenno arnynt! Golchodd ei gwallt nes ei fod yn sgleinio yng ngolau'r theatr, a rhoddodd ychydig o golur ar ei hwyneb hyd yn oed a gwisgo clustdlysau. Roedd hi â'i bryd ar fwynhau ei hun, ac fe wnaeth hynny hefyd, unwaith yr oedden nhw wedi cyrraedd ac wedi i'w nerfusrwydd ddiflannu. Ymlaciodd, gan fwynhau bod yn rhan o gynulleidfa am y tro cyntaf ers talwm iawn. Roedd Gwenno'n saff efo Gwion a doedd dim yn mynd i ddifetha'r noson.

Yn ystod yr egwyl gyntaf, aeth y ddwy am ddiod i'r bar ac fel arfer, roedd pawb arall wedi cael yr un syniad hefyd. Gwthiodd Sara drwy'r dyrfa i nôl diod bob un iddynt tra eisteddai Swyn wrth fwrdd bychan yn disgwyl iddi ddod 'nôl. Gwyliodd a gwrandawodd ar sŵn a stumiau'r dyrfa o'i chwmpas – pawb â'i bwt ei hun i'w ddweud am y ddrama hyd yma. Meddyliodd Swyn p'un ai oedd hi'n cytuno â nhw ai peidio.

Roedd Sara'n hir. Os na fyddai'n hel ei thraed, mi fydden nhw'n cael eu galw'n ôl i'w seddau cyn cael cyfle i yfed eu diodydd. Chwiliodd amdani yng nghanol y dyrfa wrth y bar. A dyna lle'r oedd hi, yn sgwrsio'n brysur â merch ifanc, smart iawn – talach na Sara, gyda gwallt tywyll hir wedi'i glymu'n un cudyn rhydd ar dop ei phen. Roedd ei dillad yn drwsiadus iawn, yn artistig – actores efallai, meddyliodd Swyn. Felly, roedd Sara wedi taro ar ffrind ac am ryw reswm, roedd hynny'n poeni Swyn. Teimlai ei stumog yn rhoi tro wrth i'r ddwy gerdded tuag ati a'r gwydrau yn eu llaw, gan ddal ati i sgwrsio'n uchel wrth nesáu. Byddai'n rhaid i Swyn fodloni ar gwmni'r ferch hon hefyd rŵan.

'Elen ydi hon. Roedden ni'n graddio ar yr un pryd a dwi ddim wedi'i gweld hi ers hynny,' meddai Sara'n uchel ei chloch. 'Roedd Gwion a fi'n meddwl tybed beth oedd ei hanes hi, a dyma hi!'

Gwenodd Elen yn glên. Ond teimlai Swyn yn annifyr yn ei chwmni; doedd hi ddim wedi sgwrsio â dieithriaid ers talwm iawn. Gwenodd yn swil yn ôl ac wrth gymryd ei diod, mwmiodd rhyw 'Sut ma'i' bach distaw.

'Allwn i ddim credu'r peth pan welais i Sara wrth y bar.' Roedd Elen yn hyderus iawn ei sgwrs. 'Dydi hi ddim wedi newid dim. Na Gwion chwaith mi fentra' i. Rydach chi'n dal efo'ch gilydd tydach? Y Cwpwl Delfrydol – dyna oedden nhw'n cael eu galw yn y flwyddyn gyntaf hyd yn oed,' meddai, wrth Swyn y tro hwn.

Gwnaeth Sara stumiau ond gwyddai Swyn ei bod yn falch iawn o sefydlogrwydd ei pherthynas â Gwion yn y bôn. 'Ydan, rydan ni efo'n gilydd o hyd. Diflas 'te?' Ac yna trodd at Elen a'i hwyneb yn llawn chwilfrydedd. 'Ond beth amdanat ti? Dwi wedi clywed rhyw stori amdanat ti, do? Ydi o'n wir? Dy fod ti wedi cael babi?'

Synnodd Swyn o glywed Sara'n gofyn y fath gwestiwn. Nodiodd Elen a'i llygaid brown yn gwenu. 'Ydi. Bob gair. Doedd o ddim i *fod* i ddigwydd ond dwi ddim yn difaru. Mae Beca'n werth y byd i gyd yn grwn.'

Gwrandawai Swyn yn astud, ond ni ddywedodd yr un gair, dim ond gadael i Sara ddal ati i holi. 'Ond lle'r wyt ti wedi bod yn cuddio? Pam nad ydw i wedi dy weld di cyn heno?

'Mi e's i adre am flwyddyn ar ôl graddio. Pan ddois i'n ôl yma, mi ge's i swydd ym Mhorthaethwy,' eglurodd Elen, 'yn gweithio hefo cwmni cyfreithwyr Harris a Davies – mae'n siŵr eich bod chi wedi clywed amdanyn nhw. Mae'n lle braf iawn, ac yn gyfleus. Mae Beca'n mynd i feithrinfa ac mae gen i drefniant gwarchod efo'r boi dwi'n byw efo fo. Mae ganddo fo dŷ anhygoel ym Mhorthaethwy, yn edrych i lawr dros afon Menai. Mae'n wych yno – digon o awyr iach ar y topiau 'na a lle arbennig i fagu plant. Dwi wrth fy modd.'

Roedd Swyn yn gwrando ar bob gair wrth sipian ei diod yn ara' bach. Dyma ferch ifanc debyg iawn iddi hi, ond mi roedd hon wedi glanio ar ei thraed; yn byw efo tad ei phlentyn ac mewn swydd dda; yn cael jam ar y ddwy ochr y frechdan! Braf iawn.

'Swnio'n dda. Does ryfedd dy fod ti'n edrych cystal!' meddai Sara, ac yna, 'Mi ddylet ti gymharu nodiadau efo Swyn 'ma ryw dro, mae ganddi hithau ferch fach hefyd, does Swyn? Mi roedden ni'n arfer rhannu fflat hefo'n gilydd, ddwy flynedd yn ôl, a rŵan mae hi'n . . . '

Ond doedd Elen ddim yn gwrando ar Sara. Roedd hi'n rhy brysur yn syllu i fyw llygaid Swyn nes peri iddi wrido a throi i ffwrdd, gan fethu deall beth oedd mor rhyfeddol amdani hi mwya' sydyn.

'Mae'n ddrwg gen i.' Torrodd Elen ar draws Sara gan ddal i syllu ar Swyn. 'Wnaeth Sara mo'n cyflwyno ni dwi ddim yn meddwl, neu wnes i ddim clywed dy enw di beth bynnag. Swyn, ie?'

'Ie,' atebodd Swyn.

'O, sori,' meddai Sara. 'Dydw i ddim yn un dda iawn am bethau felly. Swyn Morgan. Elen Croft.' Cododd ei llaw yn ffurfiol i gyfeiriad y ddwy.

'Dda gen i dy gyfarfod di, Swyn.' Ysgydwodd y ddwy law ond roedd Elen yn dal i astudio Swyn gyda mwy o ddiddordeb nag oedd raid, ond yn tro hwn, syllodd Swyn yn ôl. 'Faint ydi oed y fechan gen ti, Swyn?' Ceisio cynnal sgwrs oedd Elen, fe wyddai Swyn hynny, ond roedd hi'n swnio fel pe bai ganddi ddiddordeb go iawn hefyd.

'Pymtheg mis.' Yfodd Swyn weddill ei diod ar ôl ateb, ac yna fe alwyd y gynulleidfa'n ôl i'r theatr. 'Tyrd, Sara, mae'r ail ran ar fin dechrau.'

Roedd Sara'n brysur yn ysgrifennu ei chyfeiriad a'i rhif ffôn ar ddarn o bapur i Elen. 'Ffonia fi rywbryd. Efallai y medren ni i gyd fynd allan efo'n gilydd. Dwi'n siŵr y byddai Gwion wrth ei fodd yn dy weld ti eto. Efallai y medren ni hel dipyn o'r hen griw at ei gilydd . . . ' Ac o weld y dyrfa'n symud yn araf tua'r theatr, ychwanegodd, 'Wyt ti yma ar dy ben dy hun?'

'O na, mi ddois i efo . . . mi ddaethon ni efo'n gilydd.' Edrychodd Elen draw ac roedd Swyn yn amau ei bod hi'n teimlo'n annifyr ynghylch rhywbeth. 'A dweud y gwir, mae'n rhaid i mi fynd yn ôl. Mi wnes i addo mai dim ond diod sydyn fyddwn i'n ei chael, a'i gyfarfod o'n ôl yn y sedd. Roedd o isio gwneud galwad ffôn bwysig. Mae hi wedi bod yn grêt dy weld ti eto, Sara – a dy gyfarfod di, Swyn – mi ffonia' i.' Ac i ffwrdd â hi, gan ddiflannu i ganol y dyrfa.

Ysgydwodd Sara ei phen gan wenu. 'Roedd hi bob amser mor ddi-ddal, ond yn glên iawn, cofia. Dwi'n siŵr y basa'r ddwy ohonoch chi'n cyd-dynnu'n dda.' Ni atebodd Swyn, dim ond gwenu wrth i'r ddwy ohonyn nhw gerdded yn ara' bach yn ôl i'w seddau.

Roedd ail ran y ddrama cystal pob tamaid, ond am ryw reswm, ni allai Swyn setlo i lawr yn iawn i'w gwylio: teimlai'n anesmwyth ac yn annifyr. Wrth i'r digwyddiadau fynd rhagddynt ar y llwyfan, daeth yn fwy a mwy ymwybodol bod rhywun yn ei gwylio o'r tu ôl, ac roedd y teimlad hwn yn cynyddu ac yn chwyddo nes llenwi'r theatr gyfan. Ni chlywai ddim o'r perfformiad, y cyfan a deimlai oedd pâr o lygaid yn rhywle yn syllu arni, yn treiddio drwy gnawd ei chefn ac roedd ei dwylo'n chwysu. Ond ni sylwodd Sara. Roedd hi wedi ymgolli'n lân yn y ddrama. Cnodd Swyn ei hewinedd a cheisiodd anadlu'n ddwfn i ymlacio. Sôn am ffŵl. Doedd hi erioed wedi dioddef o byliau anesmwyth fel hyn o'r blaen. Roedd y peth yn hurt.

Pan ddaeth amser yr ail egwyl, allai hi ddim dioddef rhagor. Trodd yn ei sedd wrth i'r golau ddod ymlaen a syllodd ar y môr o wynebau y tu ôl iddi. Roedd pawb o'i hamgylch yn eistedd fel delwau, wedi ymgolli'n lân yn y perfformiad, fel Sara. Doedd neb yn edrych arni hi, neb â diddordeb ynddi hyd yn oed. Roedd hi'n bod yn gwbl hurt! Crwydrodd ei llygaid tua'r cefn lle'r oedd Elen wedi mynd i eistedd. Roedd pawb mor bell, doedd dim posib eu gweld yn iawn – ond na, yn y rhes agosaf at y cefn, fe welai Swyn Elen, ei dillad coch yn amlwg ymhlith y dorf a'i chlustdlysau mawr yn dal y golau.

Ymddangosai fel pe bai Elen a'r gŵr wrth ei hochr yn syllu i lawr ar Swyn. Roedd hi'n amlwg eu bod yno gyda'i gilydd. Gwyrodd Elen tuag ato i sibwrd rhywbeth yn ei glust. Craffodd Swyn, bron â thorri'i bol eisiau gweld sut gymar oedd gan Elen. Tal, hyd yn oed pan oedd ar ei eistedd, a thywyll iawn – roedd hynny'n amlwg ar unwaith, ac mewn dillad trwsiadus, a chyda barf drwchus nes ei bod yn anodd iddi weld ei wyneb . . .

Ond na! Na! Roedd Swyn fel pe bai hi'n eu gwylio ar deledu a'r camera'n mynd yn nes ac yn nes at ei wyneb o er mwyn dod ag ef yn nes ati hi. Fe allai ei weld yn iawn yn awr – pob crych a phant. Y trwyn syth a llinellau hardd ei wefusau y tu ôl i'r barf dieithr. Y gwallt blêr, yr ysgwyddau llydan ar wg dan yr aeliau trymion. Ac yn fwy na dim, y llygaid yna: y llygaid tywyll, tywyll yna. Hyd yn oed o'r fan hon roedd hi'n eu hadnabod. Byddai'n eu hadnabod yn rhywle. Llygaid Gwenno.

Roedd ei chorff wedi synhwyro ei fod o yno, wedi teimlo ei bresenoldeb ymhell cyn i'w hymennydd ddeall hynny. *Caron*. Caron oedd efo Elen, ac roedd o wedi'i gweld hithau. Wedi bod yn syllu arni am yr hanner awr diwethaf ac roedd pob gewyn yn ei chorff wedi ymateb iddo nes ei chynhyrfu'n lân.

Am ysbaid hir, teimlai Swyn nad oedd neb ond y nhw ill dau yn y theatr. Yna, wrth i'r gynulleidfa ddeffro eto a chodi fesul tipyn ar ei thraed, cododd Caron hefyd, a chyn i Swyn allu ymateb, heb sôn am weithredu, roedd o'n brasgamu i lawr y grisiau ac allan drwy'r drws fel mellten. Oedodd Elen gan godi ei llaw fel pe bai'n ceisio dweud rhywbeth wrth Swyn. Ymddiheuriad efallai – neu rybudd? Yna, brysiodd ar ei ôl.

Yng nghanol hyn i gyd, roedd Sara, oedd eto i ddod i ddeall am y ddrama breifat oedd yn digwydd yr ochr hon i'r llenni, yn prysur gasglu ei rhaglen a'i bag at ei gilydd. 'Ew, da yntê Swyn? Be gawn ni rŵan, coffi, neu . . . bobol bach, be sy'? Wyt ti'n teimlo'n iawn? Rwyt ti'n wyn fel y galchen!'

Ysgydwodd Swyn ei phen, heb fedru dweud dim. Roedd hi ar dân eisiau egluro i Sara ond y cyfan a allai ei wneud oedd cyfeirio at y cefn a dweud 'Caron'.

Dychrynodd Sara gan ddilyn bys Swyn, ac yna gwgu pan na allai weld unrhyw wyneb cyfarwydd. 'Caron? Ble?!'

'Efo Elen, ond maen nhw wedi mynd . . . ' Siaradai Swyn yn glonciog ond o leiaf fe allai Sara ei deall yn awr.

'Caron?' Allai Sara ddim credu'i chlustiau. 'Hefo Elen? Choelia' i fawr,' meddai'n hy.

Ceisiodd Swyn feddiannu'i hun. 'Dwi ddim yn deall, Sara.' Dan yr amgylchiadau, roedd gan Sara berffaith hawl i'w hamau. 'Mi welais i nhw yn eistedd i fyny yn fan'na! Yn ymyl ei gilydd, ac yna mi aethon nhw, ar ôl fy ngweld i. Dydw i ddim yn debygol o'i gamgymryd *o* am neb,' ychwanegodd yn sarrug.

'Bobol bach!' Syllai Sara'n gegagored, yn fud am unwaith. 'I ble'r aethon nhw?'

'Sut ddiawl wn i?!' atebodd Swyn yn frathog, yn llawn tyndra. 'Mor bell oddi wrtha' i cyn gynted ag y medren nhw mae'n siŵr.'

'Sut wyddost ti nad ydi o ar ei ffordd i lawr yma i chwilio amdanat ti?'

'Fyddai o byth yn gwneud hynny.' Roedd Swyn yn bendant iawn ei geiriau. 'Fi ydi'r person olaf mae o isio'i weld. Doedd dim posib ei fod o'n gwybod 'mod i ym Mangor, dim mwy nag y gwyddwn i ei fod o yma.'

Cuddiodd ei hwyneb yn ei dwylo crynedig. Roedd hi

newydd weld Caron! Ac roedd o wedi'i gweld hi. Roedd o yma, ym Mangor, yn y theatr yma . . . neu ar ei ffordd allan bellach . . .

'Na, fyddai o byth yn aros yn fa'ma rhag ofn iddo fo orfod siarad efo fi,' meddai dan ei gwynt. 'A beth am Elen . . . '

'Gwranda,' meddai Sara, 'Aros di yma ac mi reda' i allan i weld fedra' i eu dal nhw, i gael gwybod yn union . . . '

'Na!' Dychrynodd Swyn am ei bywyd wrth glywed y fath syniad. 'Na Sara, plis. Gad lonydd, dwi wedi dweud wrthat ti nad ydw i am ei weld o eto!' *Roeddwn i'n hanner meddwl yr hyn ddwedais i.*

Wrth lwc, roedd y rhan fwyaf o'r gynulleidfa wedi mynd allan am ddiod, ond roedd yr ychydig rai oedd ar ôl yn dechrau eu gwylio'n fusneslyd erbyn hyn. Eisteddodd Sara yn ei hôl ac mewn llais tawelach, meddai: 'Wel be wnawn ni 'te? Eistedd yn fa'ma a gwylio gweddill y ddrama?' Cydymdeimlai â Swyn wrth gwrs, ond roedd rhyw dinc o sinigiaeth yn ei llais hefyd. Fe allai hwn fod yn ddigwyddiad hapus wedi'r cwbl. Doedd rhedeg i ffwrdd yn gwneud dim lles i neb, ac am Caron ac Elen – wel, sôn am gyd-ddigwyddiad go iawn. Beth fyddai gan Gwion i'w ddweud am hyn i gyd tybed?

Roedd Swyn yn ceisio meddwl; roedd ei chorff yn wan a'i theimladau i gyd ar chwâl. Y cyfan oedd arni ei eisiau oedd mynd adref at Gwenno: at y sicrwydd cynnes, diniwed hwnnw oedd mor gyfarwydd iddi. 'Dwi isio mynd adref, os ydi hynny'n iawn gen ti,' atebodd yn ddistaw gan deimlo'n euog am ddifetha noson Sara.

Derbyniodd Sara. 'Iawn, i ffwrdd â ni 'te.'

Roedd hi'n noson glòs y tu allan ond fe geisiodd Swyn lyncu cymaint o awyr iach ag y gallai er mwyn teimlo'n well. Cydiodd Sara yn ei braich a'i harwain at y car. 'Wyt ti'n iawn? Ceisia ymlacio. Mi fyddi di'n iawn, mi siaradwn ni ar ôl mynd gartref.'

Dilynodd Swyn yn fud. Siarad? Siarad am beth? Roedd Caron yma wedi'r cwbl; wedi dod yn ôl i Fangor, neu i

Borthaethwy o leiaf, yr un lle bron ond bod 'na fôr rhyngddyn nhw! Ond ers faint? Yn ôl yr hyn ddwedodd Elen, swniai fel pe bai wedi setlo yno ers dipyn, ac yn dad eto, i blentyn arall . . .

Saethodd y boen drwyddi fel saeth. Ni allai wadu bod rhyw elfen o obaith wedi bod yn llechu ochr yn ochr â'r ofn o'i weld eto, ac wrth gwrs, roedd y gobaith hwnnw'n gwbl ddibynnol ar un peth – bod Caron â'i draed yn rhydd o hyd, heb neb arall, fel o'r blaen ac yn difaru efallai; wedi chwerwi yn sicr, ond yn rhydd.

Bu popeth mor ddibwrpas. Roedd hi wedi ceisio ei pherswadio ei hun nad oedd y syniad o gael hyd i Caron eto wedi bod yn hwb iddi ddychwelyd i Fangor, ond nawr roedd yn rhaid iddi gyfaddef hynny. Bu ar dân eisiau cael hyd iddo, ond nawr a hithau wedi llwyddo, roedd ganddo deulu newydd sbon! Roedd hynny'n waeth, yn llawer gwaeth na pheidio ei weld byth eto!

Pam na fyddai hi wedi aros yng Nghaerdydd – yn ddiogel o olwg pawb oedd yn ei hadnabod? Byddai'r hen greithiau wedi gwella'n raddol yn y fan honno a fyddai neb wedi cael cyfle i'w brifo eto . . .

'Swyn!' Torrwyd ar draws ei meddyliau gan lais dwfn, cyfarwydd. Roedd y llais yn gymaint rhan o'r gŵr, o'i effaith arni, â'r gweddill ohono, ac roedd o'n galw arni yn awr. Trodd gan dorri'n rhydd o afael Sara, a chwiliodd amdano yng ngolau egwan y stryd. A dyna lle'r oedd o'n brasgamu tuag atynt. *'Swyn, aros!'* Roedd o'n ymbil arni yn awr.

Arhosodd Swyn, wedi'i gwreiddio i'r fan, heb fawr o ddewis. Roedd un llais bach yn dweud wrthi am sgrechian a rhedeg i ffwrdd ond roedd llais arall, cryfach, yn dweud wrthi am ufuddhau i'w orchymyn. Wrth iddo nesáu, tynhaodd ei chorff i gyd. Yn anymwybodol, estynnodd ei breichiau tuag ato, ond yna fe'i gollyngodd. Roedd hi fel ysglyfaeth, wedi'i dal mewn trap.

Arhosodd Sara hefyd, gan astudio Caron yn fanwl yn awr. Oedd, roedd yn ei gofio'n dda. Roedd y barf yn newydd ond roedd popeth arall yn gyfarwydd iawn, a'r un mor drawiadol â phan oedd ar lwyfan flynyddoedd maith yn ôl . . . neu pan ddaeth i ddrws y fflat i chwilio am Swyn.

Cyrhaeddodd Elen y tu ôl i Caron, wedi colli'i gwynt yn lân. 'I ble'r aethoch chi?' holodd Sara'n gyhuddgar. 'Mi fuon ni'n chwilio ym mhob man – ond roeddech chi wedi diflannu.'

'Roedden ni'n cymryd yn ganiataol mai ceisio ein hosgoi ni oeddech chi,' atebodd Sara yn swta. Roedd gan Elen waith egluro ac roedd Sara'n edrych ymlaen at glywed yr hanes i gyd.

Ceisiai Elen gael ei gwynt ati. 'Wel, doedden ni ddim. Roedden ni'n ceisio . . . '

Roedd Swyn a Caron wedi bod yn syllu ar ei gilydd trwy gydol y sgwrs hon ac yn rhyfedd iawn, teimlai Swyn ei hun yn cryfhau yn hytrach na gwanhau. Roedd ei weld yn rhoi nerth iddi, yn rhoi bywyd yn ôl ynddi, a chyda'r cryfder hwnnw, teimlodd ryw emosiwn newydd a oedd wedi bod yn aros am gael ei ddeffro gan ei bresenoldeb yn y cnawd. Dicter. Dim mwy a dim llai.

'Iawn Elen.' Torrodd Caron ar ei thraws yn anghwrtais, heb dynnu ei lygaid oddi ar Swyn. 'Mi rydan ni wedi cael hyd iddyn nhw rŵan.'

Cydiodd Elen ym mraich Sara. 'Tyrd, Sara. Mi awn ni am baned. Mae gan y ddau yma waith siarad.'

'Ond . . . ' Oedodd Sara. Wrth gwrs bod gan y ddau waith siarad ac fe fyddai hi wrth ei bodd yn cael sgwrs iawn hefo Elen hefyd, ac yn sicr, os oedd Caron eisiau cael sgwrs breifat efo Swyn, doedd hi ddim am ei rwystro. Ac am ryw reswm, roedd Elen yn gweld hynny'n syniad da, ond . . .

Trodd at Swyn gan godi'i haeliau. Er mawr syndod i Sara, nodiodd Swyn. Ddywedodd hi'r un gair ond yn ôl yr olwg ar ei hwyneb, roedd hi'n barod i siarad â Caron.

Trodd Caron i edrych ar Sara gan wenu. Meddalodd ei wyneb ac edrychai'n gwbl wahanol, yn llawn cynhesrwydd. 'Rhowch awr i ni,' meddai, ac yna, gan edrych ar ei oriawr, 'mi welwn ni chi y tu allan i'r theatr am . . . chwarter i un ar ddeg?'

'Iawn,' cytunodd Sara, ac i ffwrdd â'r ddwy. Edrychodd Sara dros ei hysgwydd unwaith cyn mynd rownd y gornel a gwelodd Swyn a Caron yn dal i syllu ar ei gilydd, heb symud. Ond wrth iddi edrych, cododd Caron ei law i gyffwrdd braich Swyn, ei fysedd yn loetran yno cyn llithro i ffwrdd yn araf. Yna camodd yn ôl a rhoddodd ei ddwy law ym mhocedi ei jîns.

Corddai tu mewn Swyn wrth iddo ei chyffwrdd ac roedd rhyw ddicter newydd yn ei meddiannu, ond ar y wyneb, ymddangosai'n gwbl ddigyffro.

'Swyn?' Ymbiliai'n dyner. 'Tyrd i siarad efo fi, plis.' Roedd yn anodd credu'r peth; roedd rhyw dinc meddal newydd yn ei lais.

Ei dro ef oedd aros yn awr, ac fe wnaeth. Hanner disgwyliai Swyn iddo gydio ynddi, ei gorfodi i fynd gydag o, heb roi dewis iddi. Ond dim ond â'i lygaid yr oedd o'n ei chyffwrdd, yn ymbil; ni roddodd unrhyw bwysau arni. Roedd hi eisoes wedi penderfynu. Nodiodd unwaith eto a'i ddilyn.

Cyn pen dim, roedd Caron yn datgloi drws ei gar oedd wedi'i barcio mewn llecyn tawel yn y maes parcio cyfagos. Cyn belled ag y gwelai Swyn, yr un car oedd ganddo, neu un tebyg iawn beth bynnag. Caeodd ei drws cyn mynd i mewn ei hun yr ochr arall.

A dyma nhw unwaith eto, y ddau ar eu pennau eu hunain, yn union fel pe na bai'r ddwy flynedd ddiwethaf wedi mynd heibio o gwbl. Ond roedd Swyn yn fam erbyn hyn, ac roedd gan Caron farf, ac roedd sedd babi yng nghefn ei gar . . . Dim ond newidiadau ar yr wyneb oedd y rhain. Oddi tanynt, roedd newidiadau personol, dyfnach yn llechu. Roedd tro ar fyd wedi digwydd. Roedd Swyn wedi caledu'n arw, ac yn ôl pob tebyg, roedd Caron wedi meddalu ychydig.

Dioddefaint a'i gwnaeth hi'n galetach, yn union fel ag a ddigwyddodd unwaith iddo ef, a'i thro hi oedd bod yn ddig yn awr. Ond beth oedd wedi ei newid o tybed? Elen, wrth gwrs. A'i blentyn newydd. Hen hanes oedd Swyn bellach.

Teimlai'n gryfach nag erioed o'r blaen. Roedd ganddi waith talu'n ôl. Doedd o ddim yn mynd i gael dianc mor rhwydd â hynny. Wrth gwrs bod raid iddi ei weld eto. Roedd hynny'n hanfodol cyn y gallai fynd yn ei blaen. Clirio llanast y gorffennol cyn bwrw ymlaen â'i dyfodol. Diolch i Dduw ei bod yn cael cyfle i wneud hynny! Ac i feddwl ei bod wedi bwriadu rhedeg i ffwrdd oddi wrtho, osgoi'r her . . .

Trodd ato a'i hwyneb a'i chorff yn llawn o'r ynni a'r dicter newydd oedd wedi'i meddiannu.

Saith

Roedd Caron wedi ymateb i nodau isel, melfedaidd llais Swyn erioed. Yn floesg yn awr, ond yn bositif iawn, daeth â'r holl atgofion amdani yn ôl yn fyw i'w gof – y ferch ifanc ddiniwed honno oedd bellach yn wraig aeddfed iawn.

'Beth oeddet ti isio'i ddweud?' mynnodd, heb oedi dim.

Yng ngolau egwan y stryd, gwelai bod ei gruddiau gwelw wedi'u staenio â mân frychni coch. Roedd ei chroen yn llyfn o hyd a'i gwallt, er yn fyrrach, yn dal i sgleinio, ond ni edrychai fel rhosyn yn ei flagur mwyach. Roedd yr holl addewid a drodd yn obsesiwn gan Caron wedi mynd. Diolch iddo fo, roedd hi wedi datblygu'n wraig aeddfed, lawn. A diolch iddo fo hefyd, roedd ei harddwch wedi'i hagru eisoes gan boen.

Gwgodd, gan droi i ffwrdd. Gellid clywed y distawrwydd llethol yn y car yn glir. Tynnodd un llaw oddi ar y llyw a thynnu ei fysedd nerfus drwy'i wallt blêr. Yna, cododd ei fraich i gynnau'r golau bach. Ysgafnhaodd hynny ryw ychydig ar yr awyrgylch, ond roedd y ffaith eu bod nhw ill dau ar eu pennau eu hunain gyda'i gilydd ar ôl yr holl amser yn cael ei bwysleisio hefyd.

'Gwranda, Caron . . . ' Roedd Swyn yn colli'i hamynedd yn awr. 'Roeddet ti'n dweud . . . roeddet ti'n mynnu fy llusgo i i fa'ma, felly be'n union sydd gen ti i'w ddweud?'

Cafodd hyd i'w dafod o'r diwedd, ac mewn llais bloesg a nerfus, meddai: 'Mae'n rhaid i ni siarad, allwn ni ddim . . . '

'Siarada 'te.' Plethodd Swyn ei breichiau. Pam ddylai hi wneud pethau'n hawdd iddo?

Cliriodd Caron ei wddf. 'I ble'r e'st ti?'

Bu bron i Swyn ffrwydro wrth glywed cwestiwn mor eironig. Culhaodd ei llygaid wrth iddi droi i'w wynebu'n ddig. 'Ble'r e's i? Fi ddylai ofyn hynny i ti.'

Cododd Caron ei ysgwyddau. 'Swyn, dwi ddim yn gwybod lle i ddechrau . . . dyma'r peth anoddaf . . . ' Cuddiodd ei wyneb yn ei ddwylo. 'O Dduw annwyl, dwi ddim yn gwybod beth i'w ddweud a finnau wedi dy gael di yma!'

Roedd dicter Swyn yn ei gwarchod rhag yr holl deimladau eraill – y llu atgofion, digalondid, ecstasi, ofn, euogrwydd . . . Roedden nhw i gyd yno'n rhywle, o dan y gragen newydd hon, ond am ryw hyd, y dicter oedd yn rheoli.

'Iawn,' meddai'n bwyllog a digynnwrf. 'I ble'r e'st ti?'

'Caerdydd, i ddechrau.'

Cododd Swyn ei haeliau. 'Finnau hefyd, fel mae'n digwydd.

Chwarddodd Caron, rhyw chwerthiniad sych, di-hiwmor. Cofiai Swyn y chwerthiniad yn dda. 'Dyna lle mae pawb sy'n ceisio dianc rhag pethau'n mynd.'

Roedd Swyn yn barod ei hateb. 'Ac oddi wrth beth oeddet ti'n dianc?'

'Rydw i isio egluro, Swyn. Dyna pam rydw i yma . . . i geisio egluro. Ond dwi ddim yn gwybod ble i ddechrau. Mae cymaint wedi digwydd ers hynny . . . '

'Felly dwi'n gweld,' heb feddalu dim. 'Pam na adewi di i bethau fod 'te, Caron? Mi ge'st ti beth oeddet ti isio, do? Pam agor hen greithiau rŵan?'

'Gadael i bethau fod?' holodd Caron mewn syndod. 'Sut alla' i wneud hynny, pan . . . ar ôl popeth sydd wedi digwydd rhyngon ni? Gwranda, Swyn, dwi wedi . . . alla' i ddim dweud wrthat ti pa mor falch ydw i o gael cyfle i egluro, a . . . '

Torrodd i lawr a chafodd Swyn fraw. Waeth pa mor dda oedd Caron am actio, roedd hi'n ei adnabod yn ddigon da i sylweddoli nad actio roedd o rŵan. Ond penderfynodd fod yn ofalus; eistedd yn ôl yn ei sedd a gadael iddo fo ddal ati pan fyddai'n barod.

Wedi anadlu'n ddwfn, daeth Caron ato'i hun. 'Swyn, pan ddwedodd Elen wrtha' i 'i bod hi newydd dy gyfarfod di, allwn i ddim credu'r peth. Yr unig beth allwn i feddwl amdano oedd peidio gadael i ti ddianc eto.'

'Gadael i *mi* ddianc?' Ers dwy flynedd, roedd Swyn wedi bod yn troi a throsi diflaniad Caron yn ei meddwl, a nawr roedd o'n siarad amdani *hi* yn dianc!

'Dwi'n gwybod, dwi'n gwybod . . . dyna sut oedd o'n edrych i ti! Dyna pam oeddwn i isio dy weld di – siarad efo ti, pan sylweddolais i . . .'

Roedd gwaed Swyn yn berwi yn awr gan ddrysu ei holl emosiynau eraill. Yr hyn oedd yn digwydd . . . ei bresenoldeb o yn y cnawd fel hyn, mor agos ati. Yr holl freuddwydion a'r ffantasïau yn dod yn wir. Ceisiodd edrych mor ddigyffro ag y gallai. Doedd dim diben i'r ddau ohonyn nhw redeg ar ôl ei gilydd, roedd rhaid iddyn nhw symud ymlaen, trefnu pethau'n gall, fel oedolion cyfrifol, er lles y ddau. Gwyddai'n iawn na fyddai gwylltio'n gwneud lles i'r achos.

'Sut oedd Elen yn gwybod pwy oeddwn i?' holodd yn ddifater.

'Roedd hi'n gwybod dy enw di siŵr. Dwi wedi dweud popeth amdanat ti wrthi.'

'O, do wir?' Roedd Swyn yn wawdlyd yn awr, yn genfigennus o'u perthynas agos, a daeth y chwerwder i'r wyneb unwaith eto. 'Ac mae'n siŵr dy fod ti wedi cymharu dipyn tra oeddet ti wrthi, do?'

'I be ddiawl faswn i'n gwneud hynny?' Edrychodd yn flin arni ac yna aeth yn ei flaen, gan fagu mwy o hyder gyda phob gair. 'Ac yna mi soniodd am Sara. Maen nhw'n hen ffrindiau yn ôl pob tebyg, ac unwaith y dwedodd Elen dy fod ti efo Sara . . . wel, mi rois i ddau a dau efo'i gilydd ac mi roeddwn i'n gwybod mai ti oedd hi, Swyn. Hyd yn oed cyn i mi dy weld di, roedd gen i ryw deimlad ym mêr fy esgyrn . . . mi fues i'n meddwl amdanat ti drwy'r ail ran i gyd . . . a phan welais i ti'n eistedd yn fan'na, wel . . . ' Cododd ei ddwylo i ddangos na allai gredu'r peth.

'Wela' i.' Roedd Swyn yn benderfynol o ddal ati i'w holi. Dyna'r unig ffordd y gallai fod yn sicr na fyddai'n cael ei brifo. 'Dwi'n deall eich bod chi'ch dau yn byw ym Mhorthaethwy. Swnio'n ddelfrydol iawn.'

Dywedodd y gair 'delfrydol' yn union fel pe bai'n cyfeirio at Sodom a Gomora! Edrychodd Caron yn amheus arni. Roedd o wedi disgwyl iddi fod yn bigog, ond roedd rhyw styfnigrwydd dieithr iawn yn ei llais yn awr ac ni fyddai'n hawdd iawn treiddio drwyddo.

'Mae'n gyfleus, ydi. Mae ganddon ni . . . mae gen i . . . ' Caeodd ei lygaid gan riddfan yn dawel. 'O, wn i ddim ble i ddechrau!'

'Os mai isio dweud am y babi wyt ti, paid â phoeni, dwi'n gwybod yn barod.' Roedd tinc o wawd yn llais Swyn yn awr. 'Beca, ie?'

'Ie, ond nid dyna'r cwbwl. Mae mwy iddi na hynny, Swyn – rhywun arall na wnes i sôn amdano fo rioed. Rhywbeth dwi wedi'i guddio oddi wrthat ti drwy'r adeg tra oedden ni efo'n gilydd.'

Swniai'n ddifrifol iawn yn awr nes peri i Swyn wrando'n fwy astud. Gwyddai oddi wrth y difrifolwch yn ei lygaid a'i lais ei fod ar fin dweud rhywbeth mawr wrthi, nid rhyw syrpreis bychan ond sioc fawr. Oedd hi'n barod am hynny?

Gwyrodd tuag ati a chydiodd yn dynn yn ei dwy law. Roedd effaith y cyffyrddiad yn ddigon trawmatig heb sôn am effaith y geiriau. 'Ti'n gweld, rhannu'r gwarchod ydan ni . . . achos nid dim ond Beca sy' 'na. Mae Sam hefyd.'

'Sam?' Roedd Swyn ar goll yn awr. 'Mae gan Beca frawd?'

'Na, na, nid brawd Beca ydi o, mae Sam yn dair bron.'

'Ond . . .' Doedd Swyn fawr callach. 'Pwy . . . ?'

Siaradai Caron yn dyner ond yn gadarn yn awr. 'Swyn, mi ddylwn i fod wedi dweud hyn wrthat ti o'r blaen, ond allwn i ddim, a beth bynnag . . . ' Beth bynnag . . . rhan o'r holl dwyll – cadw manylion personol oddi wrthi . . .

'Be, Caron? Be?' Ond roedd rhyw amheuaeth yn dechrau gwawrio arni.

'Fy mab i ydi Sam.'

Cydiodd Caron yn dynnach yn ei dwylo i'w chysuro. Roedd meddwl Swyn ar redeg, yn ceisio gwneud synnwyr o hyn i gyd. Roedd hi wedi dychryn ac yn teimlo'n ffŵl. Tynnodd ei dwylo oddi wrtho a phlethodd ei breichiau unwaith eto er mwyn cadw'n ddigon pell o'i afael. Gan syllu'n ddifrifol arno, gadawodd i'r darn anghredadwy, ond cwbl amlwg o'r jig-sô, syrthio i'w le.

'Mae gen ti fab?! Tair oed? Gan Helen?!'

Nodiodd, gan ei gwylio'n ofalus. 'Yn union. Wnes i rioed sôn amdano fo oherwydd . . . '

Ysgydwodd Swyn ei phen, ei llygaid yn melltennu â dicter. 'Na, paid â cheisio egluro. Alla' i weld pam. Mi fyddai pethau wedi bod mor wahanol petaet ti . . . '

'Mae'n rhaid i ti adael i mi egluro, Swyn. Plis.' Roedd Caron yn ymbil arni eto, yn benderfynol o beidio â cholli'r cyfle hwn. Waeth beth oedd ei resymau neu ei gymhellion, doedd o ddim am adael iddi fynd nes ei fod yn cwblhau ei eglurhad.

'Alla' i mo dy rwystro di,' atebodd Swyn yn swta. A dweud y gwir, roedd hi'n llawn chwilfrydedd erbyn hyn, a chyda chant a mil o gwestiynau i'w holi.

Ymlaciodd Caron. 'Ymgais aflwyddiannus i geisio gwella'n priodas ni oedd Sam. Ti wedi clywed am sawl plentyn tebyg dwi'n siŵr – plant bach sy'n cael eu geni yn y gobaith y dôn' nhw â'u rhieni'n nes at ei gilydd.'

'Wrth gwrs,' yn swta eto. Caron yn dad – nid unwaith na dwywaith, ond teirgwaith i gyd. Roedd hi'n anodd dygymod â hyn. Roedd o'n dad pan oedden nhw'n . . . '

'Mae gen i go i mi ddweud wrthat ti nad oedd ein perthynas rywiol ni mo'r orau. Roedd gan Helen fwy o ddiddordeb mewn pobol eraill – unrhyw ddyn ond fi – ers blynyddoedd. Yna mi ddaeth hi ata' i . . . dangos diddordeb . . . a, wel . . . ' Cododd Caron ei ysgwyddau cyn mynd ymlaen. 'Dyn o gig a gwaed ydw innau fel pawb arall.'

Cig a gwaed. Ie, fe gofiai Swyn hynny'n dda.

'Roeddwn i wedi cynhyrfu'n lân a dyma hithau'n cyhoeddi'r newyddion mawr. Mi roedd hi isio bod yn feichiog. Roedd hi am i ni gael plentyn.'

'Ac mi wnest ti gytuno? Er dy fod ti'n gwybod pa mor ddrwg oedd pethau rhyngoch chi?'

Roedd Caron yn llawn tyndra. 'Roeddwn i'n meddwl y byddai cael babi yn rhyw fath o ateb i'n problemau ni. Dydw i ddim – doeddwn i ddim yn arbenigwr ar seicoleg ac roeddwn i wedi bod eisiau teulu erioed. Helen oedd wedi gwrthwynebu cyn hynny, ac felly mi adawais i bethau fod . . . wedi'r cyfan, hi fyddai'n gorfod ei gario fo . . . ei eni o . . . '

Gwingodd Swyn wrth glywed y geiriau hyn a oedd yn llawer mwy eironig nag a wyddai ef.

'A beth bynnag, roeddwn i'n meddwl y byddai'n syniad da, a dyna fu. Naw mis yn ddiweddarach, fwy neu lai, cafodd Sam ei eni. Roedd Helen yn well o lawer tra oedd hi'n feichiog. Yn fwy hawddgar rywsut, ac yn dawelach. Roedd bod yn feichiog yn gweddu iddi.'

'Oedd o wir.' Gwyddai Swyn yn iawn sut deimlad oedd hwnnw. Holl bryderon y byd wedi'u gwthio i'r naill ochr, wedi'u lapio'n dynn mewn haenau o glydwch-gwneud wrth gario baich mor werthfawr yn y groth. Plentyn Caron yn y ddau achos.

'Mi wnaeth hynny ei hymateb hi i Sam pan aned yr hogyn bach yn ganmil gwaeth. Doedd ganddi ddim isio dim i'w wneud ag o. Wnâi hi ddim edrych arno fo hyd yn oed, heb sôn am ei gyffwrdd o a'i fwydo fo. Allwn i ddim credu'r peth. Mae o'n beth anodd iawn i'w ddychmygu, Swyn.'

Roedd Caron yn welw a'i lais yn gryg. Cydymdeimlai Swyn â Helen ond teimlai dosturi drosto ef hefyd. 'Goelia' i,'meddai'n dawel.

Oedodd Caron i edrych yn ddwys arni, ac yna aeth yn ei flaen. 'Mi wnaethon ni'n gorau, wrth gwrs. Roedd rhaid i mi edrych ar ôl Sam a cheisio ymdopi hefo Helen hefyd. Iselder ôl-eni oedd y meddygon i gyd yn galw'r salwch, ond mi roedd 'na fwy iddo fo na hynny . . . mi wyddwn i hynny'n iawn.

Roeddwn i'n gwybod ein bod ni wedi gwneud camgymeriad dybryd ac mai arna' i oedd y bai. Ddylwn i ddim fod wedi gwrando arni. Mi ddylwn i fod wedi gwrthod, ond roedd 'na gymaint o amser wedi mynd heibio ers iddi . . . '

Tro Swyn oedd cynnig cysur yn awr, ac fe osododd ei llaw yn ysgafn ar ei fraich. Doedd hi prin yn ei gyffwrdd, ond fe neidiodd ei gorff i gyd wrth deimlo ei chynhesrwydd. Yna daeth ato'i hun ac fe aeth yn ei flaen unwaith eto. Roedd o eisiau cael hyn oll oddi ar ei frest ers talwm iawn ac fe wnâi'n fawr o'r cyfle hwn.

'Pan oedd Sam yn dair wythnos oed, mi ddiflannodd Helen o 'mywyd i – o'n bywydau ni. Mi wyddost weddill yr hanes.'

'Felly, nid dim ond dy adael di wnaeth hi – mi adawodd Sam hefyd?' Roedd Swyn yn dechrau gweld y darlun yn glir erbyn hyn. Gadawodd y fam ei phlentyn ei hun! Ni allai Swyn ddirnad y fath beth.

'Do, a chlywson ni ddim byd ganddi wedyn chwaith. Mi geisiais i gael hyd iddi – cysylltu â phawb allwn i feddwl amdano – ond doedd dim sôn amdani. Felly, doedd gen i ddim dewis ond bwrw 'mlaen efo 'mywyd cystal ag y gallwn i, nes . . . '

'Nes i ti glywed am farwolaeth Helen?'

'Ie, a dy gyfarfod di, Swyn.'

Ar yr un pryd. Yn rhan o'r un digwyddiad. Yr hoelen olaf yn arch ei fywyd cymhleth. Byddin greulon o ferched yn cyd-dynnu i ddifetha'i fywyd.

'Wela' i.' Oedd, roedd pethau'n llawer cliriach nag yr oedden nhw ddwy flynedd yn ôl yn awr. Nid dim ond sefyllfa Caron – dyfnder ei gymhellion a'i agwedd tuag ati – ond rhai manylion ynghylch ei ymddygiad oedd wedi'i phoeni ar y pryd hefyd, a'r cwestiynau oedd yn codi yn eu sgîl. Y ffordd yr oedd o'n diflannu am benwythnosau cyfan weithiau, neu am ddyddiau yn ystod yr wythnos . . . a doedd o byth yn ei gwahodd hi i'w fflat . . .

'Caron.' Edrychodd i fyw ei lygaid. Byddai'n rhaid iddi ddeall popeth, y cyfan. 'Oeddet ti'n edrych ar ôl Sam pan oedden ni efo'n gilydd? Pwy oedd yn gofalu amdano tra . . . '

Chwarddodd Caron ar y fath syniad. 'Bobol bach, nac oeddwn siŵr! Faswn i byth wedi gallu canolbwyntio ar fy nghynlluniau ar dy gyfer di tasai gen i un bach i ofalu amdano hefyd, Swyn!'

Cynlluniau? Swniai ei eiriau mor greulon. Roedd hi wedi bod yn darged i ryw strategaeth ryfedd yn ei feddwl o, yn union fel yr oedd hi wedi'i ofni ac fel yr oedd Sara wedi'i awgrymu.

'Lle'r oedd o 'te?' Gorfododd ei hun i ymddangos yn ddifater er nad oedd yn rhy siŵr a oedd hi'n llwyddo i dwyllo Caron ai peidio. Ond roedd hi'n hanfodol ei bod yn ymddangos mor gadarn ag y gallai.

'Hefo fy rhieni. Ond paid â chamddeall, mi fûm i'n dad cyfrifol iawn tan hynny. Cyn i Helen fynd, fi oedd yn gwneud popeth iddo fo, ac ar ôl iddi fynd, mi benderfynais ddal ati, yn llawn-amser. Mi fu'n rhaid i mi roi'r gorau i actio, wrth gwrs. Am y misoedd cyntaf, doeddwn i'n gwneud fawr ddim ond bwydo a newid Sam a golchi dillad – pethau fel'na. Does 'na ddim llawer o ddim byd fedr neb ei ddysgu i mi am fagu plant, Swyn!'

'Na.' Roedd y sefyllfa hon yn mynd yn fwy eironig o hyd. Yn ôl pob tebyg, doedd Caron ddim yn gwybod am Gwenno, neu mi fyddai wedi dweud rhywbeth bellach . . . ni chafodd Elen gyfle i ddweud wrtho rhwng popeth mae'n siŵr.

'Yn y diwedd, mi ddechreuais i sgwennu. Dwi wedi bod isio sgwennu dramâu rioed, a bob yn ail â rhoi sylw i Sam, mi lwyddais i wneud dipyn. A dweud y gwir, mi roedd pethau'n gweithio'n reit dda, ac mi roeddwn i'n mwynhau ei fagu o. Dwi'n meddwl y dylai mwy o ddynion roi cynnig arni. Does dim byd yn hawdd am y gwaith, cofia – mae o'n dipyn o her a dweud y gwir.'

'Mi wn i.' Nodiodd Swyn, heb ymateb gormod.

'Ond pan ddaeth y newyddion am farwolaeth Helen – wel, mi gafodd waeth effaith o lawer arna' i na'i diflaniad hi.

Fedrwn i ddim cymryd mwy. Dwi'n siŵr mai damwain oedd hi, ond beth oedd hi'n ei wneud yn yr ardal, Swyn? Pam oedd raid iddo fo ddigwydd yn y fan honno? Yn y fath fodd erchyll? Pam?'

Pam yn wir? 'A pham oedd raid i mi fod yn sefyll yno pan ddigwyddodd y peth?'

'Ffawd sy'n gyfrifol am hynny,' cyhoeddodd Caron yn hyderus, yn union fel pe bai wedi bod yn ceisio cael hyd i ateb i'r cwestiwn hwnnw ers misoedd lawer. 'A'r gweddill . . . '

'Fyddwn ni byth yn gwybod,' atebodd Swyn, oedd wedi drysu cymaint â'r holl bethau a ddatgelodd eu sgwrs fel nad oedd yn sylweddoli nac yn poeni rhyw lawer ei bod yn siarad yn uchel.

'Byddwn; dyna'r pwynt. Dyna pam rydw i . . . ' Cynhyrfodd yn lân wrth geisio dod o hyd i'r geiriau iawn, ar ôl aros cyhyd. 'Felly, ar ôl clywed am farwolaeth Helen, roedd pawb yn barod iawn i helpu – ffrindiau a theulu. Mi aeth Dad a Mam â Sam gartref efo nhw; doedd dim modd i mi edrych ar ôl babi bach ar ôl y fath sioc medden nhw, a chyda'r cwest a phopeth ar y gweill . . . fyddai hynny'n ddim lles i Sam nac i mi. Roedd o'n adnabod Dad a Mam yn ddigon da. Maen nhw'n ei addoli o ac yn dda iawn efo fo. Ac felly, roedd gen i ddigonedd o amser, cyhyd ag yr hoffwn i, i ddod dros bethau, ac i . . . '

'Gael rhywbeth allan o dy system efo fi?'

Daeth y geiriau mor rhwydd, mor syml, yn union fel pe bai'n sôn am bicio am dro i'r dref. Nid am droi bywyd – dau fywyd – wyneb i waered am byth.

Roedd hi'n ymbil arno eto, yn dawel ac yn ddwys. 'Gad i mi ddweud pam – sut roedd pethau i mi. Dwi wedi bod bron â thorri 'mol isio dweud wrthat ti. Clirio 'mhen – plis, Swyn, dyna pam dwi wedi dy lusgo di yma.'

Syllodd arno am amser hir. 'Iawn, dal ati.'

'Mi rwyt ti'n deall rŵan nad oeddwn i'n fi fy hun pan wnaethon ni gyfarfod â'n gilydd. Rwyt ti yn deall hynny, dwyt?'

'O ydw.' Roedd ei gwaed yn berwi fwyfwy yn awr a'i bresenoldeb o yn y car cyfyng yn chwyddo nes ei mygu bron.

'Yr holl flynyddoedd gyda Helen, sioc ei diflaniad hi, ac yna ei marwolaeth. Roeddwn i'n meddwl mai arna' i oedd y bai am hynny i gyd.' Ceisiai gael gwared â'r baich mawr oedd wedi bod yn pwyso cyhyd ar ei ysgwyddau. 'Ers blynyddoedd, roeddwn i wedi bod yn chwilio am lygedyn o obaith yng nghanol holl lanast ein priodas. Dyna pam y cytunais i inni geisio cael plentyn. Ac yna – wel, dwi wedi dweud y gweddill wrthat ti.'

'Pan welais i ti yn y blydi cwest 'na, roedd popeth fel pe bai wedi ei anelu atat ti. Fy nghasineb i tuag at yr hyn oedd Helen wedi'i wneud a'r holl euogrwydd oedd yn fy nghorddi i. Merched i gyd, wn i ddim wir . . . bwch dihangol oeddet ti, Swyn. Dyna'r gwir amdani.'

'Ie, bwch dihangol.' Dyna'r union eiriau. Roedd wedi'u clywed yn ei phen sawl gwaith a nawr roedd Caron yn cyfaddef hynny ei hun! Doedd hi rioed wedi disgwyl hynny.

'Ti'n deall?' holodd Caron mewn syndod.

Amddiffynodd Swyn ei hun yn ymosodol. 'Dwi ddim yn ffŵl, er dy fod ti'n meddwl hynny ar y pryd. Roeddwn i'n dy adnabod di'n reit dda, cofia, mewn un ffordd, os nad go iawn. Ac mi rydw i wedi cael digon o amser i feddwl am bopeth yn ystod y ddwy flynedd ddiwethaf.' Rheolodd ei dicter – doedd o'n helpu dim ar neb. 'Symbol oeddwn i,' awgrymodd yn swil, 'nid person go iawn.'

'Ie. Yn union!' Roedd golwg dyner ar wyneb Caron yn awr wrth iddo edrych arni. Roedd Swyn wedi newid yn arw, ac yn aeddfetach o lawer na'r hen Swyn. Canolbwyntiodd hithau ar edrych ar ei dwylo, gan gadw unrhyw atgofion a dyheadau peryglus draw. Y presennol, nid y gorffennol, oedd yn bwysig nawr, a chlirio'r aer oedd y bwriad, yn barod ar gyfer dyfodol ar wahân. A dim ond megis dechrau oedden nhw. Roedd llawer mwy o bethau i'w datgelu, ar ei rhan hi beth bynnag, pan ddeuai'r amser. Pan fyddai o wedi cael dweud ei ddweud.

'Roeddet ti'n cynrychioli pob merch, Swyn,' ychwanegodd.

'Mor berffaith a ffres, yn ifanc a . . . ' Darluniai ei eiriau â'i ddwylo wrth siarad. Yr actor ar waith unwaith eto.

'Morwynol?'

Collodd Caron ei dymer. 'Nid dim ond dy ddefnyddio di oeddwn i. Mi roeddwn i dy isio di. Ti – nid rhyw symbol. Gwranda.' Gwyrodd yn nes ati eto, ei wyneb a'i lais yn llawn tynerwch wrth iddo wneud ei orau i'w chael i ddeall hyn. Roedd dyfodol y ddau yn dibynnu ar hyn.

Eisteddodd Swyn fel delw wrth iddo nesáu ati. Roedd rhaid wrth ewyllys gref iawn i beidio â symud oddi wrtho na thuag ato. Aeth yn ei flaen gan fagu hyder unwaith eto. 'Roedd o fel rhyw fath o baradocs. Dwi wedi'i droi a'i drosi yn fy mhen mor aml nes 'mod i bron â gwallgofi!' Anadlodd yn ddwfn gan geisio trefnu ei feddyliau. 'Oni bai am yr hyn ddigwyddodd i Helen, faswn i fyth wedi dod o hyd i ti, wrth gwrs. Ond doeddwn i ddim yn barod bryd hynny, amdanat ti na neb arall. Coelia fi, Swyn, mi roeddwn i isio dy garu di – ond roedd rhaid i mi dy wrthod di i ddechrau.' Dyma'r darn anoddaf, ond brwydrodd yn ei flaen. 'Hyd nes i mi dy frifo di a chael yr hyn yr oeddwn i ei angen gen ti, allwn i ddim bod yn gyflawn eto. A hyd nes oeddwn i'n gyflawn eto, allwn i ddim caru.'

Edrychodd yn ofalus arni, gan wneud yn siŵr ei bod yn ei ddeall. 'Ti'n gweld be dwi'n feddwl? Roedd yn rhaid i mi gael gwared â'r holl fudreddi o'm system, a chdi oedd y targed ar gyfer hynny, y catalydd os leici di. Hebddot ti, faswn i ddim wedi llwyddo, ond o dy achos di, roedd yn rhaid i mi lwyddo fel 'mod i'n gallu bod yn rhydd i . . . i deimlo. Roeddwn i dy isio di – neu faswn i ddim wedi dy ddewis di yn y lle cyntaf.' Ymlaciodd ei ysgwyddau; ni allai wneud, na dweud, mwy. 'Wyt ti'n gweld pa mor gymysglyd oeddwn i? Ydi o'n gwneud unrhyw synnwyr i ti, Swyn?'

'Ydi, mae o.' Roedd hi wedi dweud rhywbeth tebyg iawn wrth Gwion a Sara, a nawr ei bod hi wedi'i glywed o gan Caron ei hun, efallai y gallai ddod yn rhydd o'i hualau a'i anghofio.

Teimlai Caron yn llawer gwell ar ôl dweud y cyfan a

theimlai rhyw barch newydd tuag at Swyn hefyd. Roedd hi mor ddoeth ac yn hynod gref. Haeddai esboniad llawn ac felly aeth yn ei flaen i orffen ei stori. 'Felly, ar ôl i mi wneud popeth yr oeddwn i wedi'i fwriadu, i ffwrdd â fi i Gaerdydd; diflannu a suddo mor isel ag y gallwn i. Roeddwn i'n teimlo 'mod i wedi suddo'n isel yn barod, wrth wneud hyn'na i ti, felly mi dreuliais i lawer o amser yn rhannau gwaethaf y ddinas, gyda chwmni digon amheus. Fyddet ti ddim yn credu'r fath leoedd sy'n llechu yn y ddinas 'na.'

Roedd Caron yn ŵr eangfrydig iawn, gyda phrofiad helaeth o fywyd, ond eto, roedd cipolwg ar y bywyd gwahanol hwn wedi gadael rhyw flas drwg yn ei geg.

'Faswn i ddim yn dweud hynny, mi fûm i yno am ddwy flynedd,' atebodd Swyn yn chwerw.

Edrychodd Caron arni'n amheus. Doedd hi erioed wedi bod yn rhan o'r math yna o fywyd yng Nghaerdydd, doedd bosib? 'Ar ôl ychydig wythnosau, mi ge's i lond bol. Mi ddigwyddodd 'na rywbeth rhyfedd i mi – mi deimlais i o. Fel petawn i wedi cael fy nifa a'm hail-greu wedyn. Roedd o'n anhygoel.'

Roedd Caron yn ailchwarae'r ffilm o'i gof yn awr ac roedd amynedd Swyn yn byrhau gan flinder a straen. Allai hyn ddim parhau drwy'r nos – roedd cloc y car eisoes yn dweud wrthi bod eu hawr ar ben.

'Felly, be wnest ti?'

Cafodd ei lusgo'n ôl yn ddirybudd i'r presennol. 'Mi e's i i nôl Sam gan fy rhieni. Dod i'w adnabod o eto i ddechrau wrth gwrs, ac yna mi ddaeth y ddau ohonon ni yn ôl i fa'ma hefo'n gilydd, ac aros efo ffrindiau am dipyn, er mwyn i mi gael trefn ar bethau. Roedd Sam gariad bach.' Gwenodd Caron – gwên newydd, feddalach eto, a chleniach na'r un wên a gofiai Swyn ganddo. 'Mae o wedi bod yn fachgen da iawn i mi. Mi fyddet ti wrth dy fodd efo fo . . . '

Bu bron i'r mur o styfnigrwydd yr oedd Swyn wedi'i godi o'i hamgylch ei hun gracio yn awr. Roedd meddwl am Caron yn dad yn gwneud iddi deimlo'n rhyfedd, ac roedd rhywbeth yn ddoniol am y peth bron. Roedd o'n meddwl y byd o'i fab, roedd hynny'n amlwg, ac fe wyddai Swyn y byddai Gwenno'n gallu ei droi o gwmpas ei bys bach pe bai'n cael y cyfle. Gallai ei weld yn dotio at ei ferch . . .

Buan iawn y daeth at ei choed. Beth oedd yn bod arni'n gadael i'w meddwl redeg fel hyn. Roedd hi wedi anghofio rhywbeth. Roedd Caron yn dad deirgwaith yn awr ac roedd ganddo ferch yn barod. Plentyn arall i'w ychwanegu at y rhestr: heb ei gynllunio yn ôl Elen, ond nid oedd yn difaru dim. Ni soniodd lawer am Beca ond roedd o'n ddyn teulu go iawn erbyn hyn.

'Dwi'n siŵr,' oedd ei hunig ateb, a'i chwerwder yn dod yn ôl i'r wyneb unwaith eto.

Roedd Caron yn ei gwylio'n ofalus, ond ni ddywedodd yr un gair. 'Tra oeddwn i'n ceisio ailsefydlu perthynas dda hefo Sam, roeddwn i'n chwilio am le i fyw ym Mangor, ac yn fwy na dim, yn ceisio dod o hyd i ti, Swyn.'

Cododd ei phen yn sydyn wrth glywed hyn, ond aeth Caron yn ei flaen yn araf gan syllu i fyw ei llygaid. 'Y cyfan oedd ar fy meddwl i, wedi rhoi'r holl lanast yna y tu cefn i mi a chael trefn ar fy mywyd unwaith eto, oedd clirio'r awyr efo chdi.'

Bu hynny'n ormod i Swyn. Allai hi ddim cuddio'i dicter am eiliad yn rhagor. 'Wela' i! Roeddet ti'n meddwl y baset ti'n gallu cerdded yn ôl i 'mywyd i, jyst fel'na!' meddai'n flin. 'Grêt! Blydi grêt! Roeddet ti'n meddwl y baswn i yna, yn aros amdanat ti – ar ôl cymaint o amser – fel rhyw gi bach ufudd, yn disgwyl am fwy o gosb gan ei feistr?' Ysgydwodd ei phen yn wyllt. 'O, na Caron! Dim peryg! Roeddwn i wedi hen ddysgu 'ngwers ac wedi codi 'mhac am Gaerdydd. Wnes i ddim dweud wrth Gwion a Sara hyd yn oed – welais i mohonyn nhw nes i mi ddod 'nôl i Fangor . . . roedden nhw wedi symud i dŷ newydd dros flwyddyn yn ôl a doeddwn i ddim yn gwybod hynny tan . . . '

Ond pam gwastraffu'r holl ynni? Teimlai'n flinedig iawn

mwya' sydyn. Trodd i ffwrdd oddi wrtho ac agorodd ffenest y car i gael awyr iach. 'Mae'n ddrwg gen i,' meddai, wrthi hi ei hun yn rhannol, 'mae'n stemio yma braidd.'

Ni ymatebodd Caron i ddechrau. Gwyddai fod y dicter yma ar ran Swyn yn gwbl naturiol, a dweud y gwir, synnai ei bod wedi ymddwyn cystal. Dewisodd ei eiriau nesaf yn ofalus. 'Ti'n iawn. Roeddwn i'n hunanol iawn yn meddwl y gallen ni ailgynnau'r tân, ond roeddwn i'n teimlo mor wahanol ar ôl popeth. Roeddwn i'n gobeithio y byddet ti wedi aros, deall beth oeddwn i wedi bod drwyddo fo, a beth wnes i i ti . . . O rargian, Swyn, mae'n ddrwg gen i.' Cuddiodd ei wyneb yn ei ddwylo. 'Dwi wedi bod yn gymaint o ffŵl, yn meddwl y byddai merch ifanc 'run fath â chdi yn aros amdana' i . . . ' ychwanegodd, gan ysgwyd ei ben mewn cywilydd. 'Ond mi chwiliais i amdanat ti ym mhob man am wythnosau. Mi e's i i dy hen fflat di i ddechrau ond doedd neb yn fan'no'n gwybod dy hanes di. Dim ond criw newydd o fyfyrwyr oedd yno. Roedd Gwion a Sara wedi symud a wyddwn i ddim beth oedd eu cyfenwau nhw i gael hyd iddyn nhw. Yr unig beth oedd gan y coleg i'w ddweud oedd dy fod ti wedi gadael yn sydyn. Ac roedd yr heddlu . . . '

'E'st ti at yr heddlu?' holodd Swyn mewn syndod.

'Mi rois i gynnig ar bopeth. Roedden nhw'n dweud ei bod hi'n annhebygol iawn y bydden nhw'n dod o hyd i ti os nad oedd gen i ryw fath o syniad ble'r oeddet ti, ond mi ddaru nhw addo cadw llygad amdanat ti. Chlywais i ddim byd ganddyn nhw. Mi wnest ti ddiflannu'n llwyr.'

Roedd o'n swnio'n gyhuddgar ac roedd hynny'n ei gwylltio. 'A thithau hefyd!' atebodd yn ôl.

'Do, dwi'n gwybod.' Roedd o'n edifar unwaith eto. 'Mae'n rhaid ei fod o wedi bod yn brofiad ofnadwy i ti, Swyn.' Ond roedd o'n benderfynol o gael pen ar ei stori ac aeth yn ei flaen. 'Yn y diwedd, mi rois i'r gorau i chwilio a chael hyd i'r tŷ 'ma ym Mhorthaethwy a setlo i lawr, Sam a fi. Yn fuan iawn wedyn, daeth Elen yn rhan o bethau, ac mi wnaethon ni drefnu ein bywydau o gwmpas hynny.'

Roedd o'n gwneud i bopeth swnio mor drefnus, mor ddideimlad. *Trefnu ein bywydau o gwmpas hynny* wir! Ond doedd gan Swyn ddim bwriad i fusnesa yn eu bywyd bach preifat.

'Ar be ydach chi'n byw?' holodd yn gwrtais ond yn oeraidd.

'Dwi'n sgwennu 'chydig – dramâu ar gyfer y teledu rhan fwyaf. Ar hyn o bryd, dwi'n gweithio ar gyfres newydd. Mae'n mynd yn dda hefyd. Mi werthais i dair drama y llynedd – roedd y gyntaf ar BBC2 yn ddiweddar. Efallai dy fod ti wedi'i gweld hi – ond fydda i ddim yn defnyddio fy enw i fy hun chwaith.'

Arhosodd am ymateb ond ni holodd Swyn pa enw yr oedd o'n ei ddefnyddio. Roedd hi wrth ei bodd gyda dramâu ar y teledu ac roedden nhw wedi bod yn gwmni difyr iddi hefyd yng nghanol holl unigrwydd y ddwy flynedd ddiwethaf. Ond yr unig ateb a roddodd oedd 'efallai' swta.

Deallai Caron hynny'n iawn. Pam ddylai hi ei longyfarch ar adeg fel hyn. Gorweddodd yn ôl yn ei sedd a phlethodd ei ddwylo y tu ôl i'w ben, gan ymestyn ei goesau hir cymaint ag y gallai. 'Ac mae Elen yn cyfrannu, wrth gwrs.'

Swniai mor ddifater nes peri i Swyn wingo. Wrth gwrs bod Elen, gyda'i swydd dda, yn dod â phres da iawn i'r tŷ. Roedd Caron wedi dweud ei ddweud, hefo Elen oedd ei ddyfodol yn awr. Y cyfan yr oedd o'n geisio'i wneud hefo hi rŵan oedd rhoi trefn ar lanast y gorffennol, lleddfu'i gydwybod er mwyn cael bwrw iddi i fwynhau'r dyfodol. Roedd y peth mor syml â hynny.

Teimlai Swyn yr un fath; ond pam oedd cymaint o chwerwder yn cnoi ei thu mewn? Disgwyliai Caron ryw sylw ganddi, ond yna blinodd, ac meddai'n ysgafn, 'Mi wyddost y gweddill.'

'Un teulu hapus.' Syllodd Swyn ar dduwch y stryd drwy ffenest y car. Roedd popeth mor normal y tu allan, o'i gymharu â thu mewn y car . . .

Ac yna, yn ddirybudd, mewn un symudiad sydyn, trodd

Caron ati a chydio yn ei llaw. 'Sôn am deulu . . . ' Roedd yn ddwys eto. Ar ôl dweud ei holl hanes ei hun, cyfaddef ac egluro popeth yr oedd o wedi bod eisiau ei ddweud wrth Swyn ers dwy flynedd bellach, roedd o eisiau gwybod rhai pethau ganddi hithau hefyd, ac ni fedrai aros dim mwy. Roedd rhywbeth arall yng nghefn ei feddwl – rhywbeth annisgwyl, nad oedd wedi'i ddychmygu erioed. 'Roedd Elen yn dweud dy fod ti wedi cael babi, Swyn. Geneth fach. Ydi hynny'n wir?'

Aeth wyneb Swyn yn fflamgoch ac yna'n welw. Teimlai Caron ei chorff yn neidio a'i llaw yn tynhau yn ei afael, ac fe wyddai ar unwaith fod Elen yn llygad ei lle. Roedd gan Swyn blentyn, ei blentyn o.

Beth oedd o wedi'i wneud? Roedd o wedi gadael y ferch yma'n fwriadol, wedi'i brifo i'r byw, ond roedd o hefyd wedi gadael ei ferch ei hun. Ei ferch o a Swyn, canlyniad y berthynas drawmatig, ecstatig honno. Roedd o wedi bod yn chwilio am Swyn am yr holl wythnosau, a heb yn wybod iddo, roedd o hefyd wedi bod yn chwilio am ei blentyn ei hun. A nawr, fel trwy ryw wyrth, roedd o wedi cael hyd i'r ddwy. Mae'n rhaid fod pethau wedi bod yn anodd iawn i Swyn, ar ei phen ei hun heb neb yn gefn iddi, a'r fechan yn ei hatgoffa'n ddyddiol o'r hyn yr oedd o wedi'i wneud iddi. Teimlai'n edifar iawn.

Cydiodd yn dyner yn ei dwylo. Ni ymryddhaodd hithau oddi wrtho, dim ond eistedd yn gwbl lonydd, ar goll yn ei theimladau ei hun. Wrth gyffwrdd ei chroen, roedd ei gorff yn ymateb yn rhyfeddol o gryf. Tynnodd hi'n nes ato nes ei fod yn gallu rwbio ei gruddiau meddal a chlywed ei harogl unigryw. Deffrodd ei gorff i gyd. Caeodd ei lygaid gan anadlu pob tamaid ohoni. Roedd hi mor arbennig.

'Sut un ydi hi?' sibrydodd yn ei chlust.

Roedd Swyn ar goll. Trodd y dicter yn angen mawr wrth i'w farf rwbio'n erbyn ei boch. Roedd y teimlad yn anghyfarwydd ond roedd y negeseuon oedd yn cael eu cludo'n rhai cyfarwydd iawn. Roedd ei gorff yn teimlo ac yn arogli yr un fath – yn union fel ei breuddwydion. Aeth dwy flynedd heibio er pan fu mor agos â hyn ato o'r blaen, ac er bod ei phen wedi dweud wrthi sawl gwaith am anghofio'r teimladau a'r atgofion, roedd ei chalon wedi'u cadw'n fyw. Ei chalon oedd wedi ennill o'r dechrau.

Ceisiodd gadw'i phwyll – dal ati i siarad. Ateb ei gwestiwn. Beth oedd o hefyd? O ia, Gwenno.

Cafodd hyd i'w llais o rywle. 'Gwenno. Gwenno ydi'i henw hi.'

'Gwenno.' Ailadroddodd yr enw ddwywaith, deirgwaith, a'i anwesu. 'Mae hi'n swnio'n angylaidd. Gwenno. Ydi hi'n debyg i'w mam?' Cydiodd Caron yn ei hysgwyddau ac yna llithrodd ei ddwylo i lawr ei chefn ac ar hyd y cyhyrau cyfarwydd i'w hawlio unwaith eto.

'Dy lygaid di sydd ganddi,' sibrydodd Swyn.

Dychmygai Caron ryw fersiwn fechan o Swyn, ond gyda'i lygaid o. Tamaid o'r ddau ohonyn nhw. Ac wedi hynny, doedd dim meddyliau, dim ond emosiwn barus. Gwyddai Swyn na allai frwydro'n erbyn Caron – roedd ei reddf yn gweithredu ar ran y ddau ohonynt. Roedd ei chariad wedi bod yn mudlosgi'n llawer rhy hir ac wrth iddo gyffwrdd ei chorff fel hyn, roedd y gymysgedd o ddicter ac angen yn troi'n dân yn ei gwythiennau. Roedd hi wedi ysu amdano cyhyd. Croesawodd ei wefusau wrth iddynt gyffwrdd â'i boch a thynnodd ei bysedd drwy'i wallt. Roedd bod yn ei gwmni eto, ei flasu, mor braf, fel cael ei rhyddhau o garchar. Iddi hi, roedd y fflam oedd yn bodoli rhyngddyn nhw wedi'i chynnau ddwy flynedd ynghynt ac wedi bod yn mudlosgi ers hynny, tra oedd hi'n feichiog ac yna'n gofalu am Gwenno. Pa gyfle fyddai ganddi hi i ffurfio perthynas newydd pe bai hi eisiau? Yn wahanol i Caron, roedd hi wedi teimlo rhyw ymrwymiad dwfn i gwlwm oes.

Roedd ei hemosiynau nwydus yn gorlifo yn awr. Tyfu wnaeth ei chariad tuag ato wrth iddi aeddfedu'n wraig. Dychwelodd ei gusanau'n nwydus wrth iddo riddfan 'Swyn' yn gariadus ar ei gwddf ac yna, 'Swyn! Swyn!' ar ei gwefusau ac yna ar ei bron. 'Ti wedi bod mor arbennig i mi, Swyn, mor hardd . . . mor brydferth. O, mae'n ddrwg calon gen i Swyn . . . ydi wir . . . '

Roedd ei eiriau fel gwynt oer rhyngddynt yn dod â hi'n ôl i realiti bywyd. Ymryddhaodd oddi wrtho nes bod gwacter mawr rhyngddynt – gwacter oedd mor gyfarwydd iddi, ond y tro hwn, hi oedd wedi'i greu. Y tro hwn, roedd pethau'n wahanol.

Doedd dim dyfodol i hyn. Dim presennol hyd yn oed. Roedd gan Caron berthynas arall. Y gorffennol oedd hi yn awr a doedd ganddo ddim hawl . . .

'Mae'n ddrwg gen i, Swyn.' Roedd ei lais yn floesg wrth iddo bellhau oddi wrthi. 'Dwi'n gwybod na fedrwn ni – na ddylen ni wneud hyn.'

O leiaf roedd o'n cyfaddef mai camgymeriad oedd y cwbl! Taclusodd Swyn ei hun. 'Na ddylen. Wn i ddim be ddaeth drosta' i. Wnaiff o ddim digwydd eto.' Swniai'n ffurfiol wrth frathu ei gwefus a chywilyddio at ei hemosiynau afreolus.

'Ond fedrwn ni ddim colli ein gilydd rŵan – mae'n rhaid i ni ddal gafael yn hyn! Efallai nad hwn ydi'r amser iawn, ond rhyw ddiwrnod, os byddi di'n teimlo . . . '

Roedd ei wên dyner yn codi ei gwrychyn. 'Sut fedri di ddweud hyn'na? Dydi hyn ddim yn iawn – mi wyddost hynny cystal â fi.'

'Os wyt ti'n dweud.' Sut allai o fod mor ddifater. Roedd hi'n ei gasáu. A sut allai o fod mor sicr ohono'i hun ar ôl popeth oedd wedi digwydd? A beth am Elen? Ei blentyn diweddaraf? Ei deulu bach newydd? Oedd o'n bwriadu dal ati i gael mwy o blant i ychwanegu at ei restr, fel pennaeth rhyw lwyth?

'Pryd ga' i gyfarfod Gwenno?' gofynnodd yn eiddgar.

'Be wyt ti'n feddwl?' Edrychodd Swyn arno mewn syndod. Yna, mwya' sydyn, gwyddai'n union sut i'w drin. Felly, roedd ganddo ddiddordeb yn ei blentyn diweddaraf – yr ychwanegiad annisgwyl at y rhestr? Wel, doedd o ddim yn mynd i gael ei chyfarfod! Pam ddylai Swyn orfod ei weld o eto, ailagor hen greithiau, dim ond er mwyn bodloni ei falchder o yn ei blant niferus? Doedd dau ddim yn ddigon i'r dyn? Oedd raid iddo fo ei phoeni hi am gael rhannu'r trydydd?

Na, os oedd o mor barod i dwyllo Elen a Beca, doedd ganddo ddim hawl i ddisgwyl cael cyfarfod Gwenno.

'Fedra' i ddim aros i gyfarfod fy merch newydd. Ein merch ni,' cywirodd ei hun, ond roedd Swyn yn fwy cyndyn fyth yn awr.

'Dwi ddim yn meddwl bod hynny'n syniad da iawn, Caron.'

Swniai'n ddryslyd, ei hyder yn gwanio. 'Pam lai, Swyn? Dwi'n deall sut wyt ti'n teimlo, ond os na cha' i gyfle i wneud iawn am yr holl boen dwi wedi'i achosi – sut alla' i . . . ?'

'Na, Caron. Mi fyddai'n well gen i beidio.' Roedd hi'n pwyso ar bob gair yn ofalus. Nid dyma'r peth hawsaf iddi orfod ei wneud erioed, ond roedd hi'n benderfynol o lynu wrth ei phenderfyniad. Doedd o ddim yn haeddu cael cyfarfod Gwenno ac yn bwysiach efallai, ar lefel ddyfnach – doedd Swyn ddim am i'w theimladau tuag ato ddod i'r golwg eto. Yn enwedig rŵan, ar ôl sylweddoli pa mor fyw oedden nhw o hyd; ni wnaeth y blynyddoedd a aeth heibio lawer i'w tawelu. Os rhywbeth, roedden nhw'n gryfach nag erioed; yr holl synnwyr yna o berthyn iddo, o fod yn un ag o.

'Na!' Cododd ei phen a syllodd i fyw ei lygaid. 'Roeddwn i'n dy garu di, Caron! Wyt ti'n deall hynny?' Roedd hi'n hen bryd iddi siarad yn blaen. 'Mi roddais i bopeth i ti. Cael dy blentyn di. Ymdopi hebddot ti pan wnest ti ddiflannu. Mae Gwenno a fi wedi gwneud yn iawn hebddot ti . . . '

Roedd ei thu mewn yn corddi yn awr. 'Ti'n meddwl y medri di gerdded yn ôl i mewn i 'mywyd i a dod i adnabod Gwenno yn syth. Dydi o ddim mor hawdd â hynny, i ti na fi, ac mi wyddost hynny'n iawn. Dwi wedi gwneud bywyd i'r ddwy ohonon ni.' Roedd rhyw falchder syml yn perthyn i'r frawddeg olaf. 'Gwenno a fi, a dydi o ddim yn dy gynnwys di. Dydi hi ddim wedi arfer cael tad. Pam ddylwn i ei drysu hi rŵan?'

Roedd Caron yn gwrando'n astud gyda golwg boenus ar ei wyneb. Oedd o'n flin tybed? Fyddai o'n derbyn hyn, neu'n dadlau?

'Swyn, plis!' Roedd Caron yn crefu arni'n awr a theimlai Swyn ryw foddhad mawr. Efallai ei bod hi'n greulon ond roedd o'n gweithio. Pam ddylai o ddisgwyl cael ei ffordd ei hun efo popeth?

'Na, Caron, a dyna ddiwedd arni. Doeddwn i ddim yn disgwyl dy weld ti eto, nac . . . ' *Nac isio* oedd hi ar fin ei ychwanegu ond ni fedrai ddweud y fath gelwyddau. Gwridodd.

Er ei fod yn ymddangos yn llawer meddalach dyn nag o'r blaen, ni anghofiodd Caron sut i golli'i dymer. Roedd o'n fodlon derbyn iddo'i thrin yn wael, ond doedd o erioed yn haeddu hyn? Roedd hyn yn greulon, ac yn wahanol iawn i'r Swyn yr oedd o'n ei chofio.

'Cofia fod dy gyfeiriad di a Gwion a Sara gan Elen.'

Craffodd Swyn arno. Roedd rhyw dinc filain, newydd yn ei lais, a rhyw fflach o ddicter yn ei lygaid; tebycach i'r hen Caron yr oedd hi'n ei gofio. 'Wyt ti'n fy *mygwth* i, Caron? Wyt ti'n awgrymu . . . ?'

'Dwi'n awgrymu dim. Dim ond dweud na all yr un ohonon ni ddiflannu y tro yma.' Roedd o'n swta yn awr.

Ystyriodd Swyn hyn am rai eiliadau ac yna ysgydwodd ei phen unwaith eto. 'Cer di'n ôl at dy . . . dy fywyd bach hapus di,' meddai'n oeraidd, 'ac mi ddaliwn ninnau ati efo'n bywyd bach ni.'

Nid peth hawdd oedd ei frifo fel hyn, ei wrthod a'i siomi ar ôl yr holl fisoedd yna o obeithion gwag a'r holl freuddwydion. Ond roedd yn rhaid iddi wneud hyn. Roedd yn rhaid iddi achub hynny o falchder oedd ganddi ar ôl wedi'r hunllef – er mwyn dileu'r cyfan.

Aeth Caron yn hynod dawel, fel pe bai'n ceisio cael trefn ar ei feddyliau. Ni wyddai Swyn beth i'w ddisgwyl nesaf. Arhosodd yn amyneddgar.

Er mawr syndod a siom iddi, cododd Caron ei ysgwyddau

ac eisteddodd yn ôl yn ei sedd, ymhellach oddi wrthi, a chan redeg ei fysedd drwy'i wallt, meddai: 'Os mai fel'na wyt ti'n teimlo, Swyn, mi fedra' i aros. Ti'n haeddu hynny o leiaf.' Roedd ei lais yn dywyll a thrist. 'Ond dwi *yn* gobeithio y byddi di'n newid dy feddwl rhyw ddiwrnod, pan ddoi di i arfer efo'r syniad. Dwi ddim yn bwriadu gadael i ti ddiflannu o 'mywyd i – mynd â 'merch i o 'mywyd i am yr eildro. Dwi'n bwriadu cadw cysylltiad â chi y tro yma.'

Mynd â 'merch i o 'mywyd i wir! Dyna'r pwynt wrth gwrs. Roedd manteision ac anfanteision i Caron o ddod o hyd iddi hi, Swyn, ond roedd dod o hyd i blentyn arall yn fonws, yn hwb aruthrol i'w hunanfalchder fel dyn. Mae'n rhaid ei fod o'n un o'r dynion hynny oedd ond yn gorfod edrych ar ddynes i'w gwneud hi'n feichiog. Ond roedd o'n dad da, yn dad go iawn, roedd rhaid iddi gyfaddef hynny o leiaf. Roedd o wedi magu Sam ar ei ben ei hun bach, yn union fel yr oedd hi wedi magu Gwenno. Gwyddai am broblemau gorfod ymdopi ar ei ben ei hun; gallai droi at ei rieni pe bai mewn helynt, ond fwy neu lai, roedd o wedi wynebu her gofalu am Sam ei hun o'r dechrau un, ac wedi gwneud i bethau weithio.

Ond roedd ganddo Elen yn awr. Roedd dau ohonyn nhw, a dau o blant. Sam a Beca. Un teulu bach hapus a doedd dim lle i Swyn na Gwenno yn y teulu hwnnw.

Teimlai ryw chwilfrydedd i gyfarfod Sam – dim ond unwaith – i weld sut un oedd o, plentyn Caron a Helen. Neu Beca petai'n dod i hynny – plentyn Caron ac Elen. Sut fydden nhw'n cymharu â Gwenno? Fydden nhw'n debyg?

Bobol bach, roedd hyn yn wirion! Beth oedd ar ei phen yn meddwl y fath beth? Roedd popeth wedi mynd yn iawn tan rŵan, ac roedd yn rhaid iddi ddianc cyn gwneud rhywbeth y byddai'n ei ddifaru. Ymbalfalodd am ei bag a chydiodd yn handlen y drws. 'Mi fyddi di'n aros yn hir iawn, Caron. Wna' i ddim newid fy meddwl. Mae'n rhaid i mi fynd rŵan, mi fydd Sara'n chwilio amdana' i, ac mi fydd Elen isio mynd adref.' Pwysleisiodd y gair olaf, gan ei brifo ei hun wrth wneud hynny. 'Mi ddweda' i wrthi mai yma wyt ti. Na, paid â dod allan, dydyn nhw ddim yn bell. Mi fydda i'n iawn ar fy mhen fy hun, fel ti'n gwybod.'

'Hwyl i ti, Swyn,' galwodd, ond boddwyd y geiriau gan sŵn y drws yn cau'n glep. Brasgamodd Swyn i ffwrdd ar hyd y stryd. Arhosodd Caron y tu ôl i'r llyw ond roedd ei lygaid yn dilyn ei chorff main, siapus wrth iddi ddiflannu i'r nos.

Wyth

Ar ôl brecwast, cynigiodd Gwion fynd â Gwenno am dro i brynu papur newydd. Doedd Swyn ddim yn ffŵl, roedd hi'n amlwg bod Sara eisiau cyfle i siarad ac roedd hithau'n barod am y gwaethaf. Doedd Sara ddim yn un i din-droi dros ddim byd, ac yn yr achos hwn, efallai mai hi oedd yn iawn. Efallai y byddai o gymorth i Swyn rannu ei meddyliau â hi.

Wedi cael cefn Gwion a Gwenno, aeth Sara ati'n syth wrth glirio a golchi'r llestri. 'Gysgaist ti, Swyn? Roeddet ti wedi ymlâdd neithiwr, ond ti'n edrych yn well bore 'ma.'

'Do, diolch, mi gysgais i'n sownd, coelia neu beidio.' Cariodd Swyn y platiau at y sinc lle'r oedd Sara'n brysur yn golchi. 'Roedd gen i gant a mil o bethau ar fy meddwl ond mae'n rhaid 'mod i wedi blino'n ofnadwy.'

'Da iawn. Mae'n rhyfedd sut y gall rhywun gysgu weithiau er bod y meddwl yn gyndyn o ildio.' Roedd cydymdeimlad Sara mor ymarferol o hyd. Aeth yn ei blaen. 'Mi fedra' i ddychmygu pa mor anodd oedd ei weld o eto, mor annisgwyl, ac Elen a phopeth, ond dwi'n gobeithio nad wyt ti'n difaru ei fod o wedi digwydd?' Trôdd i wynebu Swyn a phlât gwlyb yn ei llaw chwith yn diferu ar y llawr.

Cydiodd Swyn yn y lliain sychu llestri agosaf ati a chipio'r plât o'i gafael, ac yna edrychodd allan drwy'r ffenest er mwyn osgoi llygaid Sara. 'Wn i ddim . . . ' meddai'n freuddwydiol. 'Mi roeddwn i'n teimlo'n uffernol o flin i ddechrau, ond pan eglurodd o sut roedd pethau wedi bod – iddo fo – wel, roeddwn i jyst yn teimlo . . . ' Wynebodd Sara unwaith eto. 'O, Duw, dwi ddim yn gwybod *be* dwi'n deimlo, Sara!' Roedd rhyw banig i'w glywed yn ei llais wrth iddi ynganu'r geiriau olaf.

Nodiodd Sara, yn llawn dealltwriaeth, cyn troi yn ôl at y sinc. 'Wel o leia' mi rwyt ti'n gwybod rŵan nad oes dim byd rhyngddo fo ac Elen. Pan glywais i be ddwedodd hi i ddechrau – yn y bar – mi roeddwn i'n meddwl eu bod nhw'n byw hefo'i gilydd. Ti'n gwybod, yn yr ystyr eu bod nhw'n *byw* efo'i gilydd,' ychwanegodd.

Bu bron i Swyn â gollwng y cwpan oedd yn ei llaw. 'Be wyt ti'n feddwl, Sara?' holodd.

Edrychodd Sara'n ddryslyd ar Swyn. 'Ti'n gwybod be dwi'n feddwl. Mae Elen yn byw yn y tŷ, ond dydi hi ddim . . . dydyn nhw ddim yn cysgu efo'i gilydd na dim byd felly.'

Syllai Swyn ar ei ffrind yn gegagored. Rhoddodd y cwpan i lawr yn ofalus ar y ddresel ac yna pwysodd ei chorff crynedig yn erbyn y sinc, a chan sibrwd bron: 'Elen ddwedodd hynny wrthat ti?'

'Wel, ie siŵr! Mi ddwedodd hi bopeth wrtha' i: popeth mae hi wedi'i wneud ers i ni golli cysylltiad. Roeddwn i'n cymryd yn ganiataol bod Caron wedi egluro'r trefniant i tithau hefyd.' Edrychodd yn graff ar Swyn a sylwodd fod ei dwylo'n crynu. 'Dim ond ers ryw chwe mis mae Beca a hithau wedi bod yn byw yno.' Ceisiai Swyn amgyffred hyn i gyd, gan wrando'n astud ar bob gair ddywedai Sara ar yr un pryd. 'Mae ganddi fflat ar wahân, ar y llawr isaf – mae o'n swnio'n lle anhygoel, ac mae Caron a Sam yn byw yng ngweddill y tŷ. Mae o'n lle eithaf mawr yn ôl pob tebyg, hefo gardd dda a golygfeydd dros afon Menai. Fedra' i ddim aros i fynd yno i'w weld o.'

Roedd Sara'n parablu ac fe wyddai hynny'n iawn, ond dim ond syllu'n syn arni a wnâi Swyn, gan sefyll yn gwbl lonydd, mewn sioc. Roedd ei meddwl yn gwibio o un peth i'r llall ond fedrai hi yn ei byw â meddwl am ddim byd i'w ddweud.

'Ond . . . '

'Ond pam na ddwedodd Caron hyn wrthat ti?' Roedd Sara

mewn penbleth ynghylch hynny hefyd. Gwgodd, gan ysgwyd ei phen a thwt-twtian. 'Bobol bach, does ryfedd dy fod ti'n edrych mor ofnadwy neithiwr! Roedd o'n ddigon i ti orfod 'i wynebu o fel'na, heb ddim rhybudd, ond os oeddet ti'n meddwl – drwy gydol yr amser . . . '

Tynnodd ei menig rwber. 'Dydi o'n ddim syndod dy fod ti wedi cynhyrfu gymaint!' Cydiodd ym mreichiau Swyn a'i llusgo at fwrdd y gegin i eistedd. Yna, eisteddodd gyferbyn â hi a'i hastudio'n ofalus.

Ceisiai Swyn frwydro'n erbyn rhyw deimlad o obaith yn gymysg â syndod. 'Wyt ti'n siŵr, Sara? Os wyt ti wedi camddeall . . . '

'Dim peryg. Mi ddwedodd Elen y cyfan yn gwbwl eglur. Roedd hi'n dweud trefniant mor dda oedd ganddyn nhw, gan fod y ddau yn rhieni sengl a ballu. Dyna ydi'r syniad,' eglurodd yn amyneddgar. 'Dyna pam wnaeth Caron hysbysebu am rywun i rannu'r tŷ, ac mi roedd Elen wrth ei bodd. Roedd hi newydd gael swydd yn Borth ac roedd Beca, erbyn hynny, yn flwydd oed. Roedd hi isio bod yn annibynnol, ond eto cael rhywun o gwmpas yn gefn iddi. Delfrydol.'

Roedd Sara'n parablu unwaith eto, ond beth arall allai hi ei wneud, a Swyn yn edrych arni mor fud? Roedd yn rhaid iddi wneud yn siŵr ei bod wedi deall pethau'n iawn; roedd hynny'n hanfodol. Fe allai popeth arall aros.

'Wela' i.' Cuddiodd Swyn ei hwyneb yn ei dwylo. 'Rargian fawr,' mwmianodd. 'Dwi wedi bod yn ffŵl! Be goblyn ydw i wedi'i wneud?!'

Cyffyrddodd Sara yn ei braich yn dyner. Doedd pethau ddim cynddrwg â hynny, doedd bosib? 'Wnest ti ddim byd na fedr gael ei ddadwneud. Nid dy fai di ydi o fod Caron wedi dewis peidio egluro pethau'n iawn.'

Plethodd Swyn ei dwylo a'u gosod ar y bwrdd ac er mawr syndod iddi hi ei hun hyd yn oed, dechreuodd amddiffyn Caron. Hi oedd wedi gwneud camgymeriad, nid Caron. Hi oedd wedi cymryd yn ganiataol bod perthynas agos rhwng Caron ac Elen. Hi oedd wedi rhoi dau a dau efo'i gilydd a chael pump. Ond efallai na ddylai hi ei beio ei hun; roedd y sefyllfa wedi bod yn un ddigon anodd wedi'r cwbl. Ond eto, teimlai ryw gywilydd mawr.

'Nid Caron oedd ar fai. Pam ddylai o gymryd yn ganiataol 'mod i wedi camddeall pethau? Wyddai o ddim fod raid iddo egluro am na wyddai o 'mod i wedi camddeall. Ydi hyn'na'n gwneud synnwyr?!' A heb aros am ateb, aeth yn ei blaen. 'Mae'n rhaid ei fod o'n ei chael hi'n anodd iawn i ddeall rhai o'r pethau oeddwn i'n ei ddweud wrtho fo. Sôn am lanast!' Gwthiodd ei gwallt oddi ar ei hwyneb ac edrychodd ar draws y bwrdd ar Sara mewn anobaith.

'Mi fedra' i weld sut ddaru hyn ddigwydd hefyd,' meddai Sara'n gysurlon. 'Mi roeddwn innau wedi meddwl yr un peth â ti nes i Elen egluro'r cwbl; ac wedyn roedd hi'n haws siarad efo hi rywsut,' cyfaddefodd. Pur anaml yr oedd Sara'n camddeall dim; roedd greddf y bargyfreithiwr yn rhy gryf ynddi i hynny.

Roedd Swyn yn dal i grynu wrth iddi ddod i sylweddoli fwyfwy beth a olygai hyn i gyd. 'Dydi Beca ddim yn ferch i Caron felly?'

'Bobol bach, nac ydi!' chwarddodd Sara, gan gofio ar yr un pryd ei bod hithau wedi meddwl hynny i ddechrau hefyd. Swyn druan, mae'n rhaid ei bod hi wedi dioddef yn ofnadwy! Diolch byth ei bod wedi gallu egluro pethau'n iawn iddi.

'Rhyw garwriaeth fer tra oedd Elen yn Llundain ddaeth â Beca i'r byd, a dydi hi ddim yn siŵr iawn pwy ydi'r tad a dweud y gwir,' meddai Sara, gan ostwng ei llais wrth yngan y geiriau olaf. 'Rhyngot ti a fi, roedd hi'n dipyn o un pan oedd hi'n y coleg hefyd,' ychwanegodd gan wgu, ond heb feddwl dim drwg.

Roedd Swyn yn dal i geisio deall hyn oll. 'Felly, dim ond ffrindiau ydyn nhw?'

'Ie, ond ffrindiau da iawn erbyn hyn, dybiwn i. Mae pobol yn dod i adnabod ei gilydd yn dda wrth edrych ar ôl plant y naill a'r llall, dydyn? Ond yn y bôn, Swyn, landlord a thenant ydyn nhw, dyna'r cwbwl.'

Landlord a thenant! Dechreuai Swyn weld rhyw olau egwan ym mhen draw'r twnnel. Ar wahân i Sam felly, byw ar ei ben ei hun a wnâi Caron! Doedd arno fo ddim byd i neb, dim i Elen, nac i neb arall! A doedd Beca fach ddim yn perthyn yr un dafn o waed iddo! Lojars, dyna cwbl oedden nhw; lojars a ffrindiau.

Rhybuddiodd ei hun i fod yn ofalus. Sut wyddai hi nad oedd merched eraill wedi bod yn rhannu ei fywyd o? Yn rhannu ei fywyd o ar hyn o bryd petai'n dod i hynny?

Felly pam y fath ryddhad? Roedd hyn yn hurt! Roedd ganddi ddigon o resymau eraill i fod yn flin ag o, ar wahân i Elen. Beth am ei gorffennol, yr ergyd greulon yna? A beth am Gwenno a'r holl unigrwydd, y boen o fod wedi'i gwrthod . . . ?

Na, doedd hyn yn dda i ddim byd. Roedd hi wedi anelu ei dicter at Elen a Beca, a rŵan, gan nad oedden nhw'n rhan o'r darlun, roedd y dicter fel petai wedi diflannu. Roedd yn rhaid iddi fod yn ddoeth, ond er lles pawb, fe ddylai ailystyried y pendefyniad byrbwyll a wnaeth neithiwr.

Neithiwr: un ddrama fawr gyffrous o eiriau a theimladau. Drwy'r sgwrs oedd yn ailadrodd ei hun yn ei phen, chwiliodd am eiriau ac ymadroddion a allai fod wedi'i thwyllo, ei harwain i gredu bod rhywbeth rhwng Caron ac Elen.

Pan ofynnodd hi iddo sut roedden nhw'n ymdopi'n ariannol, fe ddywedodd: 'Ac mae Elen, wrth gwrs.' Brawddeg gamarweinio a achosodd gymaint o boen iddi wrth ddychmygu'r pedwar ohonyn nhw – Caron, Elen a'r plant – yn rhannu popeth fel unrhyw deulu arall, ond bellach fe wyddai nad felly yr oedd pethau o gwbl. Unig gyfraniad ariannol Elen oedd rhent y fflat. Trefniant boddhaol, cyfleus fel y dywedodd hi.

Ochneidiodd Swyn cyn gwenu ar Sara a oedd yn ei gwylio heb ddweud dim yn awr. Roedd hi am adael i Swyn gael cymaint o amser ag yr oedd arni ei angen i geisio gwneud synnwyr o'r newyddion hwn. 'Diolch i Dduw dy fod ti wedi dweud hyn'na wrtha' i, Sara. Roeddwn i wedi camddeall pethau'n llwyr. Y sioc oedd yn gyfrifol mae'n rhaid – yr ymennydd ddim yn gweithio'n iawn.'

'Ie siŵr! Doedd dim bai arnat ti.' Roedd Sara'n amau bod Swyn yn barod i astudio'i theimladau unwaith eto, a'r rhwystr bellach wedi ei ddymchwel. 'Sut oedd pethau rhyngoch chi, Swyn? Ti a Caron? Oeddech chi . . . '

'Roedd hi'n anodd iawn,' cyfaddefodd Swyn, 'yn enwedig a finnau'n meddwl hyn'na i gyd, ar ben popeth arall. Mi ddaru o ddweud llawer, egluro; ond . . . ' Pallodd y geiriau a throdd Swyn ei phen wrth wrido. Pa mor onest allai hi fod, hyd yn oed efo Sara? Doedd hi ddim yn un dda iawn am fynegi ei theimladau personol ar y gorau. 'Mi roeddwn i'n wyliadwrus iawn, yn ofni ildio i unrhyw demtasiwn. Ond mi roedden ni fel petaen ni'n clicio eto . . . fel petaen ni rioed wedi . . . ' Llyncodd ei phoer yn galed. 'Dwi isio Caron o hyd, Sara, ac mae o'n teimlo'r un fath yn ôl pob tebyg, ond dydi pethau ddim mor syml â hynny . . . '

'Mae'n iawn, Swyn fach.' Cyffyrddodd Sara yn llaw Swyn yn dyner ac yna eisteddodd yn ôl yn ei chadair a phlethodd ei breichiau, gyda golwg llawn cydymdeimlad ar ei hwyneb. Roedd hyn wedi bod yn hen ddigon i Swyn, ond gwyddai fod hadau rhywbeth cyffrous iawn wedi'u plannu.

'Does dim raid i ti ddweud mwy. Dwi'n deall. Wyt ti am ei weld o eto?'

'Wel dyna'r peth.' Brathodd Swyn ei gwefus. 'Mi wrthodais i oherwydd yr hyn yr oeddwn i'n ei gredu amdano fo ac Elen. Fedrwn i ddim mentro.' A chan blygu'n nes at Sara, 'Wyt ti'n meddwl y dylwn i newid fy meddwl – rŵan 'mod i'n gwybod hyn? Er lles Gwenno? Mi roedd Caron bron â marw isio'i gweld hi, ac mae o'n un da efo plant yn ôl pob golwg. Efallai na ddyliwn i rwystro Gwenno rhag dod i adnabod ei thad os . . . '

Roedd Sara'n gwrando'n astud. Pwy oedd Swyn yn geisio'i argyhoeddi, ei ffrind ynteu hi ei hun?

'Wrth gwrs y dylen nhw gael cyfle i ddod i adnabod ei

gilydd, Swyn. Wela' i ddim rheswm dros beidio caniatáu hynny. Mi fedri di gadw draw oddi wrtho fo, ond gad iddo'i gweld hi, er lles Gwenno. Does dim dwywaith y byddai Caron wrth ei fodd; roedd Elen yn dweud ei fod o'n andros o dda efo Beca a Sam.' Oedodd, yn ansicr ynghylch dal ati ai peidio. 'Dychmyga sut oedd o'n teimlo, Swyn, o ddeall bod ganddo ferch, yn gwbwl annisgwyl fel'na . . .'

'Tua'r un pryd ag y ce's i wybod bod ganddo fo fab.' Penderfynodd Swyn ei bod hi'n hen bryd iddyn nhw newid y pwnc. 'Felly, mi roedd Elen yn dweud ei fod o wedi sôn amdana' i?'

'Roedd o wedi dweud y cwbwl wrthi. Dyna sut wnaeth hi ddyfalu pwy oeddet ti, pan glywodd hi d'enw di. Mae'n rhaid ei fod o wedi rhoi disgrifiad ohonot ti hefyd.'

Aeth Swyn yn dawel, heb fod yn rhy siŵr a oedd hi'n hoffi'r syniad, ac eto, pam na ddylai Caron rannu ei gyfrinachau ag Elen os oedden nhw'n ffrindiau da. Roedd o'n gorfod rhannu ei ofidiau â rhywun.

Aeth Sara yn ei blaen. 'Wnaeth o ddim crybwyll Gwion a fi mae'n rhaid neu mi fyddai Elen wedi medru rhoi dau a dau at ei gilydd ac mi fydden nhw wedi dod o hyd i ni mewn fawr o dro. Doedd Elen a finnau ddim yn ffrindiau mawr, cofia, ond mi roedden ni'n adnabod ein gilydd yn o lew.'

'Mmm.' Dim ond hanner gwrando a wnâi Swyn yn awr. Ceisiai dod i benderfyniad pwysig iawn. 'Dwi'n meddwl y caiff o weld Gwenno, Sara, os mai dyna'r cwbwl mae o isio.'

'Ai dyna'r cwbwl *mae* o isio?' holodd Sara yn graff. 'Ai dyna'r cwbwl wyt ti isio?'

Ceisiodd Swyn guddio'i dryswch drwy ymddangos yn ddifater. 'Dwi wedi dweud wrthat ti, dwi ddim yn gwybod be dwi isio eto, ond dwi'n meddwl bod Caron isio ceisio gwneud iawn am bopeth mae o wedi'i wneud.'

'Mae o'n siŵr o deimlo'n euog am yr hyn wnaeth o, Swyn,' meddai Sara'n ddoeth, 'ond dydi hynny ddim yn golygu nad ydi o'n mynd i deimlo rhywbeth arall hefyd. Dwi'n siŵr fod ganddo fo resymau eraill dros fod isio dy weld di eto, nid dim ond i leddfu'i gydwybod euog . . . '

'Mae o isio cyfarfod ei ferch.'

Ceisiai Swyn osgoi meddwl am ei deimladau o tuag ati hi. O'r holl ddynion ar wyneb y ddaear, nid Caron Lewis oedd y dyn i ymddiried ynddo mewn perthynas. Roedd hi wedi dysgu'r wers honno eisoes.

'Mi gaiff o weld Gwenno o dro i dro – er ei mwyn hi, ond dydw i ddim am adael iddo feddwl y caiff o gerdded yn ôl i mewn i 'mywyd i eto . . . '

Daeth sŵn y goets yn cael ei llusgo i mewn i'r cyntedd i dorri ar y sgwrs, a llais hapus Gwenno yn gymysg â llais dwfn Gwion. Cododd Sara ar ei thraed ac aeth i lenwi'r tegell.

'Rho amser i bethau, Swyn. Gweld be mae'r ddau ohonoch chi isio. Os nad wyt ti'n siŵr, yna mi rwyt ti'n iawn, does dim diben ailagor hen greithiau.'

Roedd hynny'n gwneud synnwyr ond fe hoffai Swyn pe bai'n gallu teimlo'n well ar ôl clywed y newyddion da yma. 'Ydi ei rif ffôn o gen ti? Mi ddylwn i adael iddo fo wybod 'mod i wedi newid fy meddwl ynghylch gadael iddo fo weld Gwenno.'

Rhoddodd Sara y tegell i ferwi. 'Dwi'n d'edmygu di am hyn'na,' meddai'n garedig. 'Roeddwn i'n gwybod yn iawn dy fod ti'n gryf ofnadwy yn y bôn.' Gwenodd Swyn wên fregus. 'Mae Elen wedi rhoi eu rhifau nhw i mi yn rhywle. Mae 'na ddau rif, wrth gwrs.'

'Helo y ddwy ohonoch chi!' galwodd llais llawen Gwion o'r drws, ac yna 'Maaam!' gwichiodd Gwenno, gan estyn ei breichiau i Swyn a gwyro tuag ati oddi ar fraich Gwion. Roedd yn hwyl garw cael ryw awr fach oddi wrth mam bob hyn a hyn hefo'r bobol newydd, garedig ond roedd dod yn ôl ati yn werth chweil. Roedd bywyd yn annisgwyl o braf.

* * *

Cododd Caron Sam, ei wisgo a'i fwydo, ond dim ond rhan fechan iawn o'i feddwl oedd ar y gwaith. Roedd y drefn hon mor gyfarwydd iddo bellach nes ei bod yn ail natur iddo. Mwynhai Caron ofalu am ei fab bach. Edrych ar ôl Sam a'r angen am ennill bywoliaeth i'r ddau ohonyn nhw oedd wedi'i gadw ar flaenau'i draed yn ystod y flwyddyn ddiwethaf yma. Heb Sam, ofnai Caron y byddai wedi dewis peidio â bod yn rhan o'r byd go iawn gan fodloni ar fyw ar ei ben ei hun fel rhyw fath o feudwy.

Ar wahân i'r cymorth a dderbyniai gan Elen a'r boreau neu brynhawniau rheolaidd mewn meithrinfa, roedd Caron yn benderfynol o ofalu am Sam o ddydd i ddydd ar ei ben ei hun. Roedd Sam wedi cael ei wrthod gan un rhiant yn barod a doedd Caron ddim am roi cyfle iddo feddwl nad oedd *o* yn ei garu chwaith. Ceisiai fod yn fam a thad iddo, ac os oedd Swyn wedi diflannu o'i fywyd am byth, roedd Sam yn dal yn rhan bwysig iawn o'r bywyd hwnnw ac o leiaf gallai edrych ar ei ôl o, hyd yn oed os na châi fyth gyfle i ymddiheuro i Swyn. Bellach serch hynny, roedd y posibilrwydd o gael gwneud hynny'n gwanio wrth i bob wythnos fynd heibio.

Roedd Swyn wedi sefyll o'i flaen, wedi eistedd wrth ei ochr neithiwr, yn y cnawd, mor brydferth ag erioed. Ac mor fyw! Caeodd ei lygaid am eiliad gan ail-fyw rhai o'u munudau gyda'i gilydd. Roedd yr angerdd a deimlai tuag ati mor danbaid ag erioed; heb unrhyw arlliw o ddial, ond gyda rhyw ymdeimlad newydd o edifeirwch.

Ond roedd Swyn mor wahanol, mor amddiffynnol, ar wahân i'r eiliadau byrion hynny pan doddodd yn ei freichiau ac anghofio am y dicter oedd yn ei chorddi, ond fe ailgododd y mur rhyngddynt, gan ei adael heb unrhyw obaith o'i gweld eto nac o gwrdd â'i ferch fach. Creulon iawn, er nad oedd o'n haeddu gwell.

Ar ei ffordd adref, fe holodd Elen yn ddidrugaredd ac roedd hithau wedi gwneud ei gorau glas i adrodd popeth a ddywedodd Sara wrthi am fywyd Swyn yn ddiweddar. Gwenodd Caron yn sarrug wrth ddweud wrth Sam am fynd i chwarae gyda'i lego yn yr ystafell fyw tra aeth yntau ati i glirio llanast dau ddiwrnod prysur iawn yn y tŷ. Dylai ymddiheuro i Elen am ei holi'n dwll ac fe ddylai fynd i'w gweld beth bynnag, i gael rhif ffôn Sara ganddi. Doedd Swyn ddim yn disgwyl iddo dderbyn ei phenderfyniad mor hawdd â hynny, doedd bosib? Roedd o'n bwriadu ei ffonio y bore hwnnw, siarad eto, newid ei meddwl, ac os na fyddai hynny'n gweithio, byddai'n mynd i'w gweld ac yn defnyddio pob tacteg y gallai feddwl amdani hyd nes . . .

Torrodd sŵn y ffôn yn canu ar draws ei feddyliau wrth iddo sgwrio bwrdd y gegin. Neidiodd wrth glywed ei chloch uchel. On'd oedd hi'n beth rhyfedd fel oedd y ffôn bob amser yn canu ar yr union adeg pan fyddech chi'n meddwl ei defnyddio. Gan gymryd cipolwg ar Sam er mwyn gwneud yn siŵr ei fod yn ddiwyd, rhedodd Caron i'r cyntedd i'w hateb gan adael y drws yn agored.

'Caron Lewis.' Yr un cyfarchiad ag arfer; byr ac i bwrpas.

'Helo? Caron?'

Llamodd ei galon. Llais Swyn oedd hwn, doedd dim amheuaeth am hynny. Braidd yn dawel a chrynedig efallai, ond byddai'n adnabod y llais yna yn rhywle. 'Swyn. Ti sy' 'na?'

'Ia, fi.'

'Roeddwn i'n mynd i dy ffonio di yn nes ymlaen.' Defnyddiodd ei holl ddoniau actio i swnio'n ddidaro. Doedd o ddim am ei gwthio na'i brysio, ond roedd ei galon yn curo fel drwm.

'Wel, roeddwn i'n meddwl y baswn i . . . roeddwn i isio dweud . . . ' Cafodd waith dod o hyd i'r geiriau iawn ac fe wyddai Caron nad oedd beth bynnag yr oedd hi eisiau ei ddweud yn hawdd. 'Roeddwn i isio egluro am neithiwr. Mi . . . '

'Roedd neithiwr yn noson a hanner i'r ddau ohonon ni,' meddai yntau ar ei thraws wrth iddi fethu â mynd yn ei blaen. Ac yna arhosodd. Pa mor bell y medrai ei gwthio? Roedd hyn mor annisgwyl, Swyn yn ei ffonio fo . . .

'Oedd, mi wn i. Ond ti'n gweld, y peth ydi . . . ' Cryfhaodd ei llais ac fe swniai'n fwy positif, yn debycach i'r Swyn newydd. 'Mi wnes i gamddeall amdanat ti ac Elen. Roeddwn i'n meddwl dy fod ti a hi – wel, ti'n gwybod, yn byw efo'ch gilydd.'

Deallodd ar unwaith. 'Rargian fawr! Ti ddim o ddifri?' Bu bron iddo â chwerthin, roedd y peth mor ddoniol.

'Ydw.'

'Wela' i.' Anadlodd Caron yn ddwfn gan chwibanu drwy ei ddannedd ar yr un pryd. Roedd llawer o bethau ynghylch agwedd Swyn y noson gynt yn gwneud synnwyr yn awr. 'Ac mae'n rhaid dy fod ti'n meddwl mai fi oedd tad Beca hefyd?'

Doedd o erioed wedi bod yn un i wastraffu geiriau. Gwingodd Swyn mewn cywilydd. 'Oeddwn. Dyna'r argraff ge's i gan Elen, pan soniodd hi amdanat ti . . .'

'Dwi'n deall . . .' Torrodd ar ei thraws yn garedig. 'Bobol bach, Swyn!' Rhoddodd ryw chwerthiniad byr cyn mynd yn ei flaen. 'A finnau'n ceisio dweud y pethau iawn, a thrwy'r amser mi roeddet ti'n meddwl 'mod i nid yn unig yn byw efo dynes arall erbyn hyn, ond wedi ychwanegu epil arall at fy rhestr o Lewisiaid bychain hefyd! Mae'n rhaid dy fod ti'n meddwl mai fy nod i mewn bywyd oedd cynyddu poblogaeth y byd!'

'Ia, wel.' Roedd ganddo ffordd mor dda o ddweud pethau. Pesychodd Swyn ac yna aeth yn ei blaen. 'Mi eglurodd Sara bopeth i mi y bore 'ma a dwi'n deall rŵan.'

'Byw ar fy mhen fy hun ydw i, Swyn.' Pwysleisiodd Caron bob gair. 'Ar wahân i Sam wrth gwrs. Dwi'n cyd-dynnu'n dda efo Elen, cofia, ac mae'n trefniant ni'n gweithio'n wych. Mae hi'n cael dipyn o fywyd cymdeithasol ac mae hi'n gwbl rhydd – fel finnau.'

'Yn union. Felly dwi – dwi wedi ailfeddwl – mi gei di gyfarfod Gwenno. Ti ydi'i thad hi wedi'r cwbwl.'

Ti ydi'i thad hi. Geiriau mor syml ond roedd o'n falch iawn o'u clywed! Aeth llais Caron yn gryg. 'Swyn, does gen ti ddim syniad sut mae hyn'na'n gwneud i mi deimlo! Mi faswn i wrth fy modd yn cael cyfarfod Gwenno. Ond nid dim ond hynny. Mi rydw i isio dy weld ti eto hefyd. Dwi'n teimlo . . .'

Torrodd Swyn ar ei draws yn syth wrth i'w stumog roi tro nerfus. 'Dwi wedi dweud wrthat ti neithiwr, Caron, does arnat ti ddim byd i mi. Dwi'n iawn fel ydw i. Dwi wedi gwneud fy mywyd fy hun, ar fy mhen fy hun, ac mi rydw i wedi ymdopi'n iawn hyd yma ac mi fedra' i ymdopi'n iawn eto heb dy . . . '

'Dwi'n gwybod hynny, Swyn. Paid â 'nghamddeall i. Y cwbwl oeddwn i . . . ' Sut yn y byd oedd o i fod i gyfathrebu â hi. Roedd hi mor bigog!

'Fel roeddwn i'n dweud,' meddai Swyn, yn swta eto, 'gan ein bod ni'n dau yn byw yn yr un ardal unwaith eto, does dim rheswm pam na all Gwenno ddod i dy adnabod di. Mi fuasai'n beth da iawn dwi'n siŵr – iddi *hi.*'

Roedd y geiriau am fywyd cymdeithasol ac am fod yn gwbl rhydd yn dal i'w phigo. Fe'i deallodd yn iawn. Roedd Caron yn mwynhau ei ryddid heb orfod ateb i neb, ar wahân i Sam wrth gwrs.

Doedd Caron ddim yn rhy siŵr sut i ymateb i'w hoerni. 'Mae ganddi frawd hefyd, cofia, Swyn. Efallai eu bod nhw'n haeddu dod i adnabod ei gilydd hefyd.'

'Hanner brawd, ie, dwi'n cofio.' Pwysleisiodd Swyn y gair ***hanner*** yn union fel pe bai'r gwahaniaeth hwnnw yn gwneud ei eiriau'n llai pwysig.

Byddai'r hen Caron wedi poeri ateb brathog yn ôl ond roedd y Caron newydd gryn dipyn callach. 'Dwi'n falch dy fod ti wedi newid dy feddwl beth bynnag. Ac mi rydw i *yn* deall pam ddwedaist ti na neithiwr. Felly pryd gawn ni gyfarfod? Ble gawn ni gyfarfod? Ddowch chi draw yma, er mwyn i Gwenno cael cyfarfod Sam hefyd?'

Aeth y ffôn yn dawel iawn, ac yna torrodd Swyn ar y tawelwch. 'Mi fedrwn ni, am wn i. Mi faswn i'n hoffi cyfarfod Sam, a Beca hefyd . . . ' Teimlai Caron ei bod yn swnio'n fwy dryslyd na brwdfrydig a manteisiodd ar hynny.

'Be am i chi ddod draw i de prynhawn 'ma? Mae'n ddiwrnod mor braf. Mi allwn ni fynd i lawr at yr afon i gyd. Wyt ti'n hoffi cerdded o hyd, Swyn?'

'Pan ga' i gyfle.' Gwyddai Swyn fod Caron yn ceisio apelio

at ei hatgofion o'r holl oriau a dreuliodd y ddau yn cerdded gyda'i gilydd. Roedd o'n chwarae'r un hen gastiau o hyd, ei baglu â chynlluniau dirybudd fel hyn . . .

'Os nad oes ganddoch chi'ch dwy rywbeth arall wedi'i drefnu?' meddai wedyn.

'Dim byd arbennig,' cyfaddefodd Swyn. 'Dim ond chwilio am fflat hwyrach.'

Atgoffwyd Caron o'r hyn oedd gan Swyn ar y gweill. Wrth gwrs ei bod hi'n brysur yn chwilio am rywle i fyw. Allai hi ddim aros gyda Gwion a Sara am byth ac roedd Elen wedi dweud wrtho ei bod wedi cael ei derbyn yn ôl i'r coleg, i ddarlithio'n rhan-amser tra byddai'n gorffen ei gradd Athro.

Roedd ganddi ddigon o blwc, roedd yn rhaid iddo gyfaddef hynny. Nid yn unig yr oedd hi wedi dychwelyd i ganol llu o atgofion creulon ond roedd hi hefyd wedi ymgymryd â her newydd.

'Gwna gymwynas â thi dy hun,' awgrymodd yn garedig. 'Cymera seibiant oddi wrth yr holl chwilio; dwi'n siŵr nad wyt ti a Gwenno wedi bod i lawr yr ochr yma i'r afon ers oes, os o gwbl. Mi wnaiff gwynt y môr fyd o les i chi'ch dwy.'

'Dydi Gwenno rioed wedi bod ar lan y môr,' meddai Swyn, ac fe wyddai Caron ei fod wedi ennill y frwydr.

'Iawn, Caron. Mi ddown ni draw prynhawn 'ma. Diolch.'

'Mi ddo' i i'ch nôl chi, ie?'

'Na, na, mae gen i gar ac mae Sara'n gwybod dy gyfeiriad di.'

'Well i ti gael cyfarwyddiadau. Mae'n ddigon cymhleth dod o hyd i fa'ma ar ôl gadael Borth.'

'Aros . . . ' Gallai Caron ei gweld yn glir yn ei feddwl yn chwilio am bapur a beiro ac yn dal y ffôn rhwng ei gwddf a'i hysgwydd – mor brydferth, ac mor hyderus . . .

'Iawn, Caron.' Roedd hi'n barod am y cyfarwyddiadau. 'Ffwrdd â ti. Dwi wedi cyrraedd Porthaethwy. Lle nesaf?'

Naw

Gwibiodd y Metro bach dros bont Menai wrth i Swyn gadw y naill lygad ar y ffordd a'r llall ar y cyfarwyddiadau yn ei llawysgrifen flêr hi oedd ar y sedd wrth ei hymyl.

O'r diwedd! Y tŷ Fictoraidd o gerrig llwyd golau gyda'r ardd fawr o'i flaen a gerddi helaeth yn y cefn yn arwain i lawr tua'r clogwyni (ac yn llawn o bob mathau o lystyfiant diddorol tybiai meddwl proffesiynol Swyn). Syllodd ar y tŷ. Adeilad mawr, urddasol, ar ei orau yn haul tanbaid Awst. *Lle gwych i blant*. Gallai glywed geiriau Elen o hyd. Trodd i wenu ar Gwenno oedd yn ceisio'i gorau glas i ddianc o'i chadair yn y cefn. Roedd rhywle'n wych o'i gymharu â'r ystafell fechan, fyglyd ble cafodd Gwenno gychwyn ei bywyd. Gwynt y môr, ffresni a gwyrddni ym mhob man. Byd gwahanol iawn.

Daeth Swyn allan o'r car a gwyrodd i'r cefn i ryddhau Gwenno o'i chadair. Byd gwahanol ar yr wyneb efallai, ond roedd y pethau sylfaenol bwysig yn aros yr un fath siŵr o fod: emosiynau, cyfrifoldebau, hapusrwydd.

Gan gario Gwenno ar ei braich, cerddodd Swyn yn gyflym ac yn hyderus tua'r tŷ. Rownd y gornel, yn is i lawr, gallai weld mynedfa ar wahân – fflat Elen, tybiodd. Pwysodd Swyn gloch y drws derw mawr gyda'r ffenestri gwydr ynddo. Yna, safodd yn gadarn ar y rhiniog, gan aros yn dawel.

Ar unwaith bron, daeth Caron i'r drws. Edrychai cystal ag erioed yn y tywydd poeth, mewn crys cotwm llewys byr, throwsus bach denim ac yn droednoeth. Gyda'i goesau a'i freichiau brown yn y golwg, edrychai'n heini ac yn athletig iawn. Ac yna'r wyneb – llinellau caled o hyd ond yn feddalach ac yn wahanol ar ôl popeth oedd wedi digwydd.

Roedd y dyn yma, y corff yma, mor gyfarwydd i Swyn, ond eto mor ddieithr. Yn rhan ohoni hi ond eto'n ddieithryn. Roedd ei greddf yn ei thynnu i'r naill ochr a'r llall – i redeg oddi yno, dianc, cyn ei bod yn rhy hwyr, ac i estyn ei llaw iddo, ei gyffwrdd, tynnu ei bysedd ar hyd ei farf a theimlo cryfder ei ysgwyddau llydan.

Roedd Caron yntau'n llawn teimladau cymysg wrth edrych ar y ferch yma'n sefyll ar garreg ei ddrws. Roedd neithiwr wedi bod yn anelwig iawn, yn llawn cyfaddefiadau poenus, ond nawr roedd yn ei gweld yng ngolau dydd; mor fain yn ei ffrog haf las a'i sandalau, a'r gwallt sgleiniog a'r croen oedd mor olau hyd yn oed yng nghanol yr haf fel hyn.

Teimlai fel estyn ei law iddi hithau hefyd, cyffwrdd â'i braich noeth. Ond rhwystrodd ei hun. Roedd hi mor brydferth ag erioed, doedd dim gwadu hynny, ond rhaid oedd peidio brysio.

Ac yna edrychodd ar y plentyn swil oedd â'i phen ar un o ysgwyddau ei mam. Ei chroen mor olau â chroen Swyn ond gyda mop o wallt cyrliog fel yntau. Esgyrn siâp calon fel ei mam dan y bochau tewion braf, ond fe syllai arno gyda llygaid tywyll, melfedaidd oedd yn hawdd eu hadnabod.

Llygaid Sam a'i lygaid ef. Edrychodd Caron arnynt ac fe wyddai mai ei ferch ef oedd Gwenno.

Gwenodd arni gyda chynhesrwydd mor naturiol nes y bu i Gwenno wenu'n ôl ar unwaith. Ac yna gwenodd Caron ar Swyn hefyd.

'Croeso, Swyn a Gwenno! Dewch i mewn!'

Camodd yn ei ôl er mwyn iddynt allu cerdded i mewn heibio iddo i'r cyntedd. Roedd y fan honno'n eang braf gyda theils hyfryd ar y llawr. Hebryngodd Caron y ddwy ar hyd y cyntedd, gan aros i ddangos pob ystafell i Swyn wrth basio; rhoi cyfle iddi ddod i adnabod y lle yn dda. Yr ystafell fyw; y stydi; yr ystafell fwyta; y gegin . . . gyda digonedd o le ym mhob un a dodrefn hardd o gyfnod y tŷ: syml ond cain iawn. Cartref clyd i deulu, ond yn drefnus a thawel iawn.

Ceisiai Swyn gymryd sylw o bopeth ond fe'i câi yn anodd i wneud hynny am ei bod yn ymwybodol iawn o bresenoldeb corfforol Caron. A nawr bod sioc y noson gynt wedi'i leihau, roedd yr effaith a gâi arni'n fwy anghredadwy fyth rywsut.

Erbyn iddynt gyrraedd yr ardd, roedd Gwenno'n aflonydd iawn ar fraich ei mam a phan welodd ddau blentyn bach yn chwarae â thywod, rhoddodd wich gan neidio i lawr o afael Swyn a rhedeg i ymuno â'r ddau. Ni chymerodd sylw o'r ddau arall, dim ond bwrw iddi ar unwaith i rawio'r tywod i fwced bychan, ac ar ôl edrych yn syn arni am rai eiliadau, parhaodd y ddau arall ati i chwarae'n brysur, yn union fel pe na bai dim byd anghyffredin wedi digwydd.

Daliodd Swyn lygaid Caron. Roedd o'n gwenu'n braf a'i ddwylo ar ei gluniau. 'Dydi hi ddim am wastraffu amser beth bynnag.'

Gwenodd Swyn. 'Does dim posib dal Gwenno'n ôl os oes tywod neu ddŵr yn y golwg.' Edrychodd ar y ddau blentyn ac yna ar Caron. Roedd o'n ei hastudio yn gartrefol braf.

'A Sam ydi hwn mae'n siŵr?' Cwestiwn gwirion wrth gwrs. Doedd dim amheuaeth mai Sam oedd o. Plentyn arall Caron – a Helen. Plentyn tal am ei oedran, ac yn llydan, gyda gwallt syth browngoch a wyneb sgwâr yn llawn cymeriad – heb sôn am y llygaid tywyll Lewisaidd!

'Sam!' Gwaeddodd Caron ar ei fab ac fe edrychodd yntau i fyny ar unwaith. 'Swyn ydi hon.' Gosododd ei law ar ysgwydd noeth Swyn, gan anfon iasau cynhyrfus i bob cyfeiriad ar hyd ei chorff, ond heb gynhyrfu dim ei hun, camodd Caron yn ei flaen a phlygodd ar ei liniau cyn ysgwyd cyrls Gwenno a dweud, 'A dyma Gwenno.'

'Gwenno,' ategodd Gwenno, gan wenu'n braf wrth daro pot iogwrt efo'r rhaw blastig.

Nodiodd Sam gan archwilio'r ddau wyneb newydd, un ar ôl y llall. 'Swyn,' ailadroddodd, gan edrych arni heb fawr o ddiddordeb. 'Gwenno.'

'A Beca ydi hon,' meddai Caron, gan godi ar ei draed cyn gosod ei law ar ben cymar bach Sam – merch fechan fain, dywyll, tua deunaw mis oed – 'ffrind Sam.'

'Beca,' cadarnhaodd Beca, gan geisio cydio yn rhaw Gwenno. Gwichiodd Gwenno a'i dal oddi wrthi'n gyndyn. Cododd Beca ar ei thraed i geisio'i dwyn oddi arni. Gwgodd Gwenno a chydio'n dynnach fyth ynddi. Gwyliai Sam y ddwy heb ddweud dim.

Roedden nhw wedi dod allan i'r ardd i lawr y grisiau o ystafell fwyta Caron a nawr daeth Elen allan iddi drwy ddrws ei chegin hi yn ôl pob tebyg. Edrychai'n llai soffistigedig heddiw, gyda'i gwallt yn rhydd ac mewn sgert a thop haul.

Gwenodd, yn anghyfforddus braidd, a gwnaeth Swyn ei gorau i wenu'n glên yn ôl arni. Teimlai y gallai ddod yn ffrindiau da gydag Elen, ond roedd yn anodd rywsut, a hithau'n gwybod cymaint amdani, heb ei hadnabod yn iawn o gwbl.

'Sut ma'i eto heddiw, Swyn.' Aeth Elen at Beca a chael hyd i raw arall yn union yr un fath gan roi diwedd ar y ffraeo. Yna cododd ar ei thraed ac edrych ar Gwenno, Swyn a Caron yn eu tro ac meddai: 'Mae hi'n debyg i'r ddau ohonach chi.'

Gwridodd Swyn o glywed y sylw di-flewyn-ar-dafod hwn, er ei fod yn gwbl wir wrth reswm. Penderfynodd Caron y byddai'n rhaid iddo egluro i Swyn pan gâi gyfle yn nes ymlaen mai un fel yna oedd Elen: onest nes ei bod yn annoeth weithiau.

'Mae geneteg yn beth rhyfedd tydi,' atebodd, a'i ddwylo yn ei bocedi. 'Diolch am gadw llygad ar y bwystfil bach i mi, Elen. Gei di lonydd rŵan. Mae Sam a fi am ddangos cryfderau Borth Uchaf i Gwenno a Swyn, tydan, Sam?'

Nodiodd Sam yn frwdfrydig, gan godi ar ei draed a hel y tywod oddi ar ei goesau brown noeth. 'Hufen iâ?'

'Siŵr iawn.' Plygodd Caron i godi ei fab i'w freichiau. 'Fedrwn ni ddim anghofio hynny, na fedrwn?' Cerddodd at y tŷ. 'Ydach chi'n dod, Swyn a Gwenno?' galwodd dros ei ysgwydd.

Cyfarfu llygaid Swyn ac Elen. Roedd golwg fel petai'n deall popeth ar wyneb Elen; cydymdeimlad o ryw fath. Wedi'r cwbl, roedd y ddwy ohonynt yn famau sengl, ond dan amgylchiadau gwahanol iawn, ac mewn ffordd o siarad, roedd Caron yn gyffredin ganddynt. Ond nid mor gyffredin ag yr oedd Swyn wedi tybio ar y ddechrau, diolch byth. Ond roedden nhw'n ffrindiau oedd yn gallu ymddiried yn ei gilydd.

'Hwyl i chi.' Swniai Elen yn ddiffuant iawn. 'Efallai y gwelwn ni chi'n nes ymlaen, pan ddewch chi'n ôl?'

Cododd Swyn Gwenno gan ysgwyd cymaint o'r tywod ag y gallai oddi arni. 'Diolch; mae'n debyg y gwnawn ni – eich gweld chi'n nes ymlaen felly.' Ac yna dilynodd Caron a Sam i'r tŷ.

* * *

Fe gafodd y pedwar brynhawn i'w gofio – ar y pryd ac o edrych yn ôl. Wnaethon nhw ddim mentro'n bell iawn, er eu bod wedi bwriadu gwneud hynny. Roedd giât yng ngwaelod gardd Caron yn arwain at lwybr ar hyd ymyl y clogwyn, ac ar ôl cerdded arno am ychydig, dyma ddringo i lawr trac serth at y traeth o gerrig mân islaw.

Roedd digon o gerrig a phyllau i'r plant chwarae a buan iawn oedd y ddau wrthi'n brysur yn tyllu ac yn casglu cregyn, yn ffrindiau mawr. Roedd yn rhyfedd fel yr oedd plant yn gallu cymryd at ei gilydd mor hawdd. Ynteu a oedd rheswm arbennig yn yr achos hwn, oherwydd eu bod yn perthyn? Edrychodd Swyn ar Caron – a'i ddal yn edrych arni hithau. Oedd yr un peth yn mynd drwy'i feddwl yntau?

Eisteddodd y ddau ar garreg wastad gan wylio Sam yn rhoi cyfarwyddiadau i Gwenno ynghylch y mathau o gregyn i'w casglu. Doedd Gwenno ddim yn deall yr un gair, ond roedd yn amlwg ei bod wedi penderfynu bod y gymysgedd yma o Sam a'r traeth yn ddatblygiad da iawn yn ei bywyd, ac fe ufuddhaodd i bob gorchymyn.

'Dim gormod o bobl ddieithr o gwmpas.' Torrodd sylw Caron ar draws meddyliau Swyn wrth iddi syllu i fyny'r afon.

'Na.'

'Wyt ti wedi dod â dy ddillad nofio efo ti?'

'Na!' Trodd i edrych arno. 'Na. Wnest ti ddim . . . '

Gwenodd. 'Na. A beth bynnag, dydi'r fan yma ddim yn lle da iawn. Ond mae 'na rai darnau gwerth chweil cofia. Efallai yr awn ni'n nes i lawr tro nesaf.'

Agorodd Swyn ei cheg ond fe'i caeodd yn ei hôl drachefn. *Tro nesaf?* Roedd o'n cymryd pethau'n ganiataol braidd. Ond eto, petai'n onest â hi ei hun, roedd hithau hefyd yn disgwyl y byddai yna dro nesaf, a thro arall wedi hynny? Trueni na allai hi gael trefn ar ei meddwl, a chael gwared â'r holl amheuon oedd yn ei chorddi; derbyn y profiadau hyn i gyd fel yr oeddent yn dod, heb boeni cymaint, fel yr oedd Caron yn llwyddo i wneud . . .

Dod i adnabod Gwenno oedd bwriad yr ymweliad. A dyna'n union beth oedd o'n ei wneud, ac os oedd o'n manteisio ar y cyfle i leddfu dipyn ar ei gydwybod euog hefo Swyn ar yr un pryd, lladd dau aderyn efo un ergyd fel petai, wel pob lwc iddo fo, doedd dim byd yn anghyffredin yn hynny. A doedd un neu ddau o ddyddiau pleserus fel hyn yng nghwmni Caron ddim yn debygol o arwain at ddim byd mwy. Gyda dau blentyn bach prysur i'w cadw mewn trefn doedd dim perygl o unrhyw gamddealltwriaeth; dim temtasiwn na phosibilrwydd o fwy . . .

'Mi fyddai hynny'n braf, Caron,' atebodd yn ysgafn.

Edrychodd Caron arni. Ymddangosai'n ddigyffro ond eto fe allai synhwyro rhyw angerdd yn mudferwi dan yr wyneb.

Edrychodd ar ei oriawr. 'Amser te dwi'n meddwl.' Cerddodd at Gwenno a'i chodi yn ei freichiau yn union fel pe bai hynny'n rhŷwbeth cwbl naturiol i'w wneud. Dychrynodd y fechan i ddechrau a cheisiodd ymryddhau oddi wrtho, ei llygaid yn fawr fel soseri. Ond yna estynnodd ei llaw i gyffwrdd yn chwilfrydig yn ei farf.

Roedd Swyn wrth ei bodd. Llamodd ei chalon o'u gweld. Caron a Gwenno, yn astudio'i gilydd yn ddifrifol wrth ganfod y cysylltiad newydd pwysig yma. Ond roedd ei theimladau'n gymysg iawn hefyd. Llifai pleser ac amheuaeth drwy ei gwythiennau; pleser pur a chenfigen. Caron a Gwenno, yn gwneud i bopeth edrych mor syml, mor normal. Ac wrth iddi wylio, gwyddai mai dyma un o'r munudau pwysicaf yn ei bywyd.

Safodd Caron yn gwbl lonydd tra oedd ei ferch yn archwilio ei wyneb gyda'i llygaid a'i bysedd. Syllai'n ôl arni, yn llawn caredigrwydd a chariad, y ddau mor debyg. Ac ymhen ychydig, awgrymodd: 'Hufen iâ, Gwenno?'

Roedd wedi'i hennill yn ffrind ac fe wyddai Swyn hynny'n iawn. 'Iâ!' cytunodd Gwenno, ei hwyneb yn goleuo. Clymodd ei breichiau am wddf Caron, gan gydio'n dynn ynddo ond gan droi at ei mam hefyd am anogaeth ac i wneud yn siŵr ei bod hi'n dod hefyd. 'Iâ?'

Cododd Swyn ar ei thraed a cherddodd tuag atynt gan wenu'n braf. 'Ie, Gwenno. Mi awn ni i chwilio am hufen iâ efo Caron a Sam, ie?'

Roedd Sam yn cerdded yn araf tuag atynt gan gario bwced llawn o gregyn a cherrig mân. 'Fi bia,' meddai wrth Swyn, yn llawn pwysigrwydd. 'Un i Gwenno,' ychwanegodd, cyn i neb arall gael cyfle i'w ddweud.

Casglodd Swyn eu pethau at ei gilydd. 'Mae hi'n neis iawn Sam, mi fydd Gwenno wrth ei bodd.'

Roedd Caron a Gwenno eisoes wedi cychwyn i fyny ochr y clogwyn ac yn brysur yn cynnal sgwrs o ryw fath gyda'i gilydd. Teimlai Swyn rhyw falchder anesboniadwy'n llifo drwyddi ond roedd yr amheuon yn dal yng nghefn ei meddwl. Fel teimlo'n falch o golli gêm.

Cydiodd yn llaw Sam ac i ffwrdd â'r ddau ar ôl y lleill.

* * *

Gyrrai Swyn am adref tua saith o'r gloch, a chysgai Gwenno yn flinedig ond yn hapus iawn yng nghefn y car.

Teimlai Swyn yn ddryslyd iawn. Roedd wedi blino'n arw ei hun rhwng popeth. Gwynt y môr, dipyn o gerdded, pwysau emosiynol newydd – prynhawn annisgwyl o bleserus. A hynny ar ben holl ddigwyddiadau'r noson gynt a'r bore 'ma . . . ai dim ond neithiwr a'r bore 'ma y digwyddodd popeth?

Crychodd Swyn ei thrwyn – roedd amser yn beth rhyfedd iawn. Yr holl oriau hirion yna pan oedd popeth yn ymddangos yn ddiflas a thrwm ac yna cyfnodau o weithgarwch mawr pan oedd datblygiadau newydd i gyd yn digwydd un ar ôl y llall heb gyfle i'w derbyn yn iawn. Doedd y peth erioed wedi gwneud synnwyr iddi hi.

Ond ni allai ddadlau yn erbyn un peth o leiaf – roedd heddiw wedi bod yn llwyddiant. Roedd Caron wedi cael dechrau da iawn i'w ymgais i sefydlu perthynas â Gwenno. Yn glên, sensitif a phenderfynol, roedd o'n gwybod yn union sut i fynd o gwmpas hynny, ac ni fethodd o gwbl.

Roedd yn rhaid i Swyn ei edmygu am fedru cadw ei deimladau tuag ati hi o'r golwg, er ei fod wedi gadael iddi wybod eu bod yn bodoli. Ac yn emosiynol roedd hithau wedi ymateb gyda dicter oedd yn ei dychryn, er ei bod yn teimlo rhyw wefr hefyd .

Wrth iddi yrru'n ôl dros bont Menai, meddyliai am fywyd a byd Caron yn gyffredinol. Ymddangosai'n gynnes ac yn drefnus iawn. Roedd Sam yn fachgen bach annwyl; doedd o ddim yn anodd ei drin o gwbl er gwaetha'r holl ddiffygion yn ei fywyd ar y dechrau. Roedd yn amlwg bod ei daid a'i nain wedi cael hwyl dda ar lenwi'r bwlch a adawodd Helen. Ac roedd y tŷ mewn lleoliad hyfryd ac Elen a Beca yn denantiaid braf a chyfeillgar. Roedd popeth yn gweithio'n dda iddo.

Pan gyrhaeddodd Swyn gartref, roedd Sara'n llawn cwestiynau. Cwestiynau arwynebol, ond fe wyddai Swyn y byddai'n hoffi procio'n ddyfnach pe gallai: cael gwybod am deimladau Swyn; ymateb Caron. Disgrifiodd y tŷ a'r gerddi i Sara, ond cadwodd ei theimladau personol iddi hi ei hun. Roedd hi'n llawer rhy flinedig a dryslyd i'w trafod beth bynnag.

'Fyddwch chi'n mynd yno eto?' Roedd Gwenno yn ei gwely ac roedd Gwion yn codi bwyd iddynt yn y gegin.

'Os wnaiff o ofyn.'

'O, mae o'n siŵr o ofyn.' Doedd gan Sara ddim amheuaeth ynghylch hynny.

Ac roedd hi'n iawn. Roedd Caron ar y ffôn drannoeth yn trefnu ymweliad arall ar gyfer dydd Mawrth. Doedd gan Swyn ddim gwrthwynebiad; ceisiai ei hatgoffa ei hun bod raid i Caron gael cyfle i sefydlu perthynas â Gwenno, ac ni fyddai cymaint o amser unwaith y byddai'r coleg yn agor.

'Mae'n rhaid i ni ddal ati rŵan ein bod ni wedi dechrau, i Gwenno gael dod i fy adnabod i'n iawn.' Adroddai Caron feddyliau Swyn yn uchel. 'Ac mae Sam yn edrych ymlaen yn arw at weld y ddwy ohonach chi eto.'

'Mae o'n hogyn bach da i ti, Caron. Dwi'n ei hoffi o'n arw.' Ac ar ôl saib byr: 'A beth oeddet ti – sut oeddet ti'n teimlo am Gwenno?' Doedd o ddim wedi dweud gair, ac am unwaith, cafodd ei chwilfrydedd y gorau ar Swyn.

'Mae hi'n grêt,' atebodd Caron, heb oedi dim, 'ac mi rwyt ti'n gwybod hynny'n iawn Swyn. Yn fendigedig hefyd. Fedra' i ddim aros i ddod i'w hadnabod hi'n well.'

'Dyna'r bwriad, yntê?' meddai Swyn, yn barod iawn ei hateb. Ac yna, yn dawelach: 'Roedd hi wedi cymryd atat ti hefyd.' Doedd hi ddim am ganmol gormod.

* * *

Roedd y tywydd yn wyntog iawn dydd Mawrth ond fe aethant am dro bach ar hyd yr afon cyn cael swper cynnar yn y tŷ.

Credai Swyn, wrth iddi ei helpu gyda'r swper, fod Caron wedi trefnu'r ymweliad cyntaf fel nad oeddent prin yn dod i mewn i'r tŷ o gwbl. Ond heddiw, roedd yn amlwg ei fod yn teimlo eu bod yn barod ar gyfer hynny. Clyfar, cyfaddefodd: deallus iawn, ac roedd hynny'n wir – roedd hi wedi teimlo'n saffach o lawer ar dir niwtral.

Bu'r ymweliad yma'n llwyddiant hefyd. Daeth Elen a Beca i fyny i swper gan wneud y cwmni'n fwy o barti yn hytrach na rhyw ymdrech fawr i fod yn deulu. Roedd popeth yn mynd yn esmwyth iawn, a Gwenno'n mwynhau pob eiliad. Doedd Swyn erioed wedi'i gweld hi mor fywiog a llon, ac ers eu hymweliad cyntaf, ni soniodd am ddim byd ond 'Sam' ac 'Aron' nes drysu Swyn yn lân.

Hapusrwydd – ac ofn. Addewid – a bygthiad. Temtasiwn. Ymatal. Aeth Swyn am adref y noson honno yn fwy dryslyd fyth. Ni allai wadu nac osgoi'r paradocs. Roedd hi ar ben ei digon ac roedd rhyw deimlad bodlon newydd yn ei meddiannu ar ôl bod yng nghwmni Caron. Ac ar yr un pryd, roedd rhyw rwystredigaeth boenus yn ei chorddi. Roedd arni eisiau mwy ganddo, neu lai. Roedd hyn yn ormod ac yn rhy ychydig. Pa mor hir fedrai hi gadw wyneb yn ei gwmni?

Pan ffoniodd i awgrymu ymweliad arall, doedd hi ddim yn gwybod beth i'w wneud. Er lles Gwenno, fe wyddai y dylai dderbyn. Byddai'n rhaid iddi fynd yno hyd nes y gallai adael Gwenno hefo'i thad yn rheolaidd – hyd nes y byddai'r holl ffars yma'n dod i ddiwedd naturiol, pan nad oedd angen i Swyn fod yno hefyd ar yr achlysuron hyn.

Yn ystod y pythefnos a ddilynodd, bu'r ddwy yng nghartref Caron chwe gwaith. A phob tro, wrth i Swyn yrru ar hyd y ffordd oedd yn gyfarwydd iddi bellach, gofynnai iddi'i hun: wel, pam ddim? Be arall oedd ganddi hi i'w wneud beth bynnag, ar wahân i chwilio am fflat a dechrau mynd i'r afael â'i gwaith ymchwil unwaith eto? Ond roedd hi'n meddwl ei bod hi wedi cael hanes fflat o'r diwedd, drwy ffrind i Gwion, ac yn ystod y dyddiau rhwng yr ymweliadau, byddai'n darllen ychydig hefyd. Doedd yr esgusodion ddim yn dal dŵr felly.

Aeth y pedwar ohonynt am deithiau hir yn y car, i nofio, i lan y môr ac i'r sŵ unwaith. Daeth Elen a Beca weithiau hefyd. Roedd Elen wedi cymryd dipyn o wyliau o'r gwaith er mwyn iddi allu bod adref o hyd ac felly doedd Caron ddim yn gorfod gwarchod Beca. Un diwrnod, aeth y chwech ohonynt ar gwch oedd yn perthyn i ffrind Elen i fyny afon Menai, ac fe aethant am de i fflat Elen wedyn.

Buont yn crwydro siopau, cestyll, marchnadoedd a ffeiriau, a thrwy gydol yr amser, roedd Caron mewn hwyliau da iawn ac yn sgwrsio'n ddi-baid, heb ddangos unrhyw arwydd o gwbl ei fod am nesáu at Swyn. Ac yn ei thro, aeth Swyn yn fwy amddiffynnol fyth wrth i'w theimladau tuag ato gryfhau ac wrth i'w gallu i'w cuddio wanhau. Roedd hi'n amlwg mai dim ond Gwenno oedd ei ddiddordeb o a byddai'n rhaid i Swyn dderbyn hynny, a mynd ei ffordd ei hun.

Wedi'r wythfed ymweliad, gadawodd Caron Sam gydag Elen a daeth allan i roi Gwenno yn ei sedd fel arfer. Yna, yn hytrach na chamu'n ôl i ffarwelio, daeth i mewn i'r car ac eistedd yn y sedd gyferbyn â Swyn a chau'r drws.

Cafodd Swyn fraw. Teimlai'r tyndra'n cydio ynddi. Be yn y byd mawr oedd o'n geisio'i wneud?

Roedd Caron yn dawel, ond teimlai ei lygaid yn syllu arni. Er mwyn cael rhywbeth i'w wneud, caeodd ei gwregys. Ond ni ddywedodd yr un gair wedyn ac felly rhoddodd y goriad yn y clo, gan obeithio y byddai hynny'n symbyliad iddo ddweud yr hyn oedd ganddo ar ei feddwl. Cydiodd yn ei braich i'w hatal rhag tanio'r injan. Tynhaodd pob gewyn yn ei chorff. Cysylltiad cymdeithasol ac arwynebol oedd eu cysylltiad wedi bod hyd yma a dim ond ar ddamwain oeddent wedi cyffwrdd â'i gilydd. Roedd ei gyffyrddiad corfforol bwriadol yn awr yn llawn rhybuddion. Trodd i'w wynebu.

'Oeddet ti isio rhywbeth, Caron?'

'Oeddwn . . . y tro nesaf.'

Ymlaciodd. 'O, dyna'r cwbwl? Wel, mae gen i wythnos arall cyn . . . '

'Ddewch chi draw fory?' torrodd ar ei thraws. Roedd y wên ofalus, gyfeillgar, wedi troi'n wg. Gwyddai Swyn ei fod yntau'n llawn tyndra hefyd.

'Fory? Braidd yn fuan tydi? Roeddwn i wedi meddwl mynd i weld y fflat yma.'

Culhaodd ei lygaid. 'Pa fflat?'

'Wel, dwi wedi cael hanes un,' meddai'n ysgafn. 'Yn Ffriddoedd.'

'Wela' i.' Gorfododd ei hun i wenu. 'Fyddi di'n mynd i'w weld o *nos* fory hefyd?'

'Na, ond fedar Gwenno . . . mi fydd Gwenno isio mynd i'w gwely.'

'Doeddwn i ddim yn sôn am Gwenno,' atebodd, 'dim ond ti, Swyn, ar dy ben dy hun?'

'Dim ond fi?' Llyncodd ei phoer ac edrychodd i ffwrdd. Pam oedd o'n gwneud hyn, yn bygwth y cocŵn diogel yr oedden nhw wedi bod mor brysur yn ei greu?

'Tyrd am swper efo fi, Swyn, plis.'

Gwelodd y braw yn ei hymateb. Efallai nad oedd hi'n barod am hyn eto. Rhyfedd hefyd, roedden nhw wedi bod yn troi yn eu hunfan am ddigon o amser bellach. 'Mae – mae 'na rai pethau mae'n rhaid i ni siarad yn eu cylch.'

'O,' sibrydodd Swyn a'i meddwl ar ras.

Roedd y diwedd yn nes nag yr oedd hi wedi'i ddisgwyl felly. Fe ddylai fod wedi sylweddoli hynny. Gwyddai Caron cystal â hithau na allai'r drefn hon barhau, y pedwar ohonyn nhw efo'i gilydd fel hyn. Roedd yr haf drosodd a'r hydref ar eu gwarthaf; amser i ddod yn ôl i drefn unwaith eto.

Roedd Swyn yn mynd i symud i'w fflat ei hun yn y dref ac roedd cyfrifoldebau newydd ar fin dod i'w rhan. Yn naturiol ddigon, roedd Caron eisiau cytuno ar drefn ar gyfer cael gweld Gwenno yn y dyfodol. Daeth yn amser iddyn nhw wneud penderfyniadau pwysig ynghylch eu plentyn fel dau oedolyn cyfrifol.

'Dwi ddim yn rhy siŵr am fory, Caron . . . '

Roedd arni angen amser, ac fe wyddai'r ddau hynny'n dda. Gwyrodd tuag ati. 'Tyrd yn dy flaen, Swyn. Ti'n gwybod y bydd raid i ni siarad am hyn yn hwyr neu'n hwyrach. Waeth i ni wneud hynny rŵan ddim.' Arhosodd, ond parhai Swyn yn fud. 'Wna' i ddim dy fwyta di; a dweud y gwir, mi wna' i bryd o fwyd addas i'r ddau ohonon ni. Dwi'n dipyn o gogydd wyddost ti . . . '

'Addas i be?'

Meddyliodd cyn ateb. 'Addas ar gyfer cyfarfod pwysig. Ar gyfer gwneud penderfyniadau a chynlluniau. Ar gyfer . . . '

'Wela' i.' Gwnâi iddo swnio fel cyfarfod i gyfarwyddwyr

rhyw gwmni. 'Mi fydd raid i mi holi Gwion a Sara i ddechrau. Os na fedran nhw warchod Gwenno . . .'

Wrth glywed ei henw, dechreuodd Gwenno swnian yn ddiamynedd. Roedd arni hi eisiau mynd, ond eto roedd hi'n falch o weld ei mam a'r dyn yma yr oedd hi'n ei hoffi'n fawr yn cyd-dynnu mor dda. Efallai y byddai Caron yn dod adref efo nhw y tro hwn? Gobeithiai y byddai hynny'n digwydd rhyw ddydd.

Edrychodd Swyn arni, ac yna'n ôl ar Caron. Roedd hi'n welw, ond roedd ei llygaid yn ddisglair ac yn llawn penderfyniad. Wrth gwrs ei fod o'n iawn. Nid diwedd cyfnod oedd hwn, ond dechrau. Roeddent yn dechrau ar eu bywydau newydd, ar wahân, ond gyda'u llwybrau'n croesi'n ddigon aml i allu rhannu Gwenno.

'Mae'n siŵr y bydd popeth yn iawn. Mi ffonia' i di yn hwyrach i gadarnhau.'

'Grêt.' Nodiodd Caron cyn agor y drws a mynd allan. 'Wela' i di nos fory, te.' Chwythodd gusan i Gwenno. 'Ac mi wela' i di'n fuan, Gwenno!'

Chwifiodd Gwenno ei llaw yn ddi-baid wrth i Swyn yrru'r car drwy'r giât.

Deg

Teimlai'n rhyfedd wrth gyrraedd tŷ Caron a'r haul yn dechrau machlud; parcio y tu allan pan fyddai hi'n arfer gadael.

Oedd y noson hon yn mynd i droi'r patrwm sefydlog, taclus yr oedden nhw wedi'i greu wyneb i waered? Pam na allai o adael pethau fel yr oedden nhw: yn y cefndir, heb eu crybwyll?

Syllodd Swyn ar y tŷ cyfarwydd; mor annwyl ac angenrheidiol iddi â'r dyn oedd yn byw ynddo. Cuddiodd ei bochau poeth gyda'i dwylo llaith. Gwyddai'r atebion i'w chwestiynau ei hun yn dda, wrth reswm, ac fe wyddai'n iawn pam na allai Caron adael pethau fel ag yr oeddent – mewn faciwm, yn ansicr a heb eu datrys. Roedd wedi gwneud iawn am y poen a'r dioddef a achosodd iddi, a daeth hi'n amser symud ymlaen yn awr. Roedd o am ddatblygu'r berthynas newydd a greodd gyda'i ferch fach ac roedd o am i Swyn ac yntau fod yn ffrindiau da – fel rhieni Gwenno a hen gariadon.

Ond doedd y cariad heb ddiflannu ar ei rhan hi; roedd o yr un mor gryf yn awr ag yr oedd o yn y gorffennol, yn gryfach os rhywbeth. Ond doedd dim diben meddwl am hynny yn awr. Fedrai hi fyth gyfaddef hynny beth bynnag, oherwydd doedd Caron ddim yn teimlo yr un fath â hi.

Gofynnodd iddi ddod draw heno er mwyn iddyn nhw allu dod i gytundeb addas a chyfleus ynglyn â Gwenno. Dim byd mwy a dim byd llai.

Clodd Swyn ddrws y car a cherddodd at y tŷ. Ymddangosai'n ddigon digyffro mewn trowsus cotwm newydd a chrys hufen ysgafn. Cyn iddi ganu'r gloch hyd yn oed, agorodd Caron y drws a'i dychryn braidd. Sylwodd Swyn pa mor drawiadol oedd o yn ei jîns du a'i grys golau fel roedd o'n estyn ei ddwy fraich i'w chroesawu'n gynnes.

'Swyn! Mae'n rhyfedd dy weld di fel hyn – heb y plant o gwmpas ein traed ni dwi'n feddwl!'

'Roeddwn innau'n meddwl yr un fath . . . ' Cydiodd yn ei dwy law a'i harwain i mewn i'r cyntedd.

'Tyrd i mewn i fa'ma.' Roedd yr ystafell fyw wedi ei thacluso ar gyfer yr achlysur. Edrychai yr un fath serch hynny, ond teimlai'n gwbl wahanol . . . 'Diod?' Caron oedd yn cynnig, gyda hiwmor ffurfiol wrth i Swyn eistedd yn anghyfforddus ar ymyl y gadair freichiau.

'Gwin gwyn sych, plis.' Cliriodd ei gwddf. 'Ydi Sam yn cysgu?'

'Ydi wir. Gwely cynnar heno. Be am Gwenno? Popeth yn iawn? Fydd hi ddim trafferth i Gwion a Sara na fydd?'

Nid ceisio cynnal sgwrs yr oedd o, ac fe wyddai Swyn hynny'n iawn. Roedd popeth ynghylch Gwenno'n bwysig iddo. Cerddodd at Swyn gyda'i diod, ac fe deimlodd hithau ias yn cerdded ei chorff wrth i'w fysedd gyffwrdd â'i rhai hi.

Cododd y gwydr i'w cheg a chymerodd ddiod. 'Na, mi fydd hi'n iawn. Mae hi wrth ei bodd efo nhw. Maen nhw mor dda efo hi. Mae o wedi bod yn agoriad llygad i ni i gyd, dwi'n meddwl.'

'Mae'n rhaid i mi gyfarfod y ddau eto ryw dro.' Tywalltodd Caron ddiod iddo'i hun.

'Maen nhw wedi bod yn dda iawn efo fi.' Roedd Swyn yn llowcio'r gwin. Pam yn y byd oedd hi mor nerfus? Roedd y peth yn hurt! Ond eto i gyd, doedd hi ddim wedi bod ar ei phen ei hun efo Caron, dim go iawn – ers . . .

'Dwi'n ddiolchgar iawn iddyn nhw.' Roedd Caron yn ei gwylio'n ofalus.

Gosododd Swyn ei gwydryn i lawr ar y bwrdd gyda chlec. 'Dwi wedi dweud wrthat ti o'r blaen, mi fedra' i edrych ar fy ôl fy hun yn iawn!'

Cododd ei aeliau, ond eisteddodd yn ei ôl a gwenu. 'Ac mi rydw innau wedi dweud wrthot *tithe,* Swyn, 'mod i'n gwybod hynny. Ymlacia. Dywed wrtha' i am y fflat 'ma wyt ti wedi cael ei hanes o.'

Disgrifiodd y fflat, ac wrth wneud hynny, llwyddodd i ymlacio. Os oedden nhw am ddilyn eu llwybrau eu hunain, a Gwenno'n unig gyswllt rhyngddyn nhw, roedd hi am iddo wybod nad oedd raid iddo deimlo'n gyfrifol amdanyn nhw o gwbl. Fe fydden nhw'n annibynnol. Roedd gan Swyn ei balchder. Doedd arni ddim eisiau iddo deimlo'n euog yn ei chylch hi eto.

'Swnio'n iawn. Mi fedra' i ddychmygu'r ddwy ohonoch chi'n gysurus iawn yno.' Ymddangosai'n fodlon, fel tad, fod y lle yn addas ar gyfer ei ferch. Cododd ar ei draed a gorffennodd ei ddiod. 'Wyt ti am ddod i fwyta? Gobeithio fod arnat ti eisiau bwyd.'

Bu'r ddau yn bwyta mewn awyrgylch ramantus iawn yn y gegin – y golau'n isel a phob man yn daclus, yn wahanol iawn i'r arfer. Roedd Caron wedi mynd i drafferth, ond fel yr oedd wedi egluro'n aml wrth Swyn, coginio oedd un o bleserau mawr ei fywyd.

Gwerthfawrogai Swyn y pryd, ac fe ddywedodd hynny wrtho. Ac er mawr syndod iddi hi ei hun, roedd hi'n mwynhau. Roedd y botel o win coch yn ei gwneud yn fwy cyfforddus ac yn fwy parod ei sgwrs, ond a dweud y gwir, nid oedd angen alcohol i gynorthwyo'r ddealltwriaeth oedd yn bodoli rhyngddynt; oedd wastad wedi bodoli hefyd, er gwaethaf popeth a fu.

Crynai fflamau'r canhwyllau gan daflu cysgodion ar y lliain bwrdd gwyrdd. Erbyn i Swyn orffen y pwdin siocled blasus, teimlai'n gynnes braf, y tu mewn a'r tu allan.

Teimlai'n ddryslyd hefyd. Am ddwyawr gyfan roedden nhw wedi sgwrsio'n braf; am blant ac am fywyd. Am gelfyddyd a'r theatr, am leoedd ac am wleidyddiaeth. Gwaith sgwennu Caron a phrosiect Swyn a'i theimladau ynghylch dechrau darlithio. Llwyddodd i'w thynnu o'i chragen yn ddiymdrech ac roedd hithau wedi gwneud yr un fath iddo yntau. Roedd popeth mor syml.

Roedd Swyn wedi anghofio'n llwyr am y dicter a deimlai tuag ato. Byddai'n siŵr o gael ei hatgoffa ohono ryw dro eto yn y dyfodol, pan ddigwyddai rhywbeth i ddod â'r cyfan yn ôl iddi. Ond doedd hi ddim yn un dda iawn am ddal dig ac roedd ei chysylltiad diweddar â Caron, a'r noson hon, wedi clirio'r holl ddicter o'i system.

Roedd Caron wedi cael gwared â'i ddicter o ddwy flynedd ynghynt, diolch i Swyn, ac fe wyddai hi mai'r unig deimladau oedd ganddo tuag ati erbyn hyn oedd hoffter ohoni fel ffrind, a dim byd mwy na hynny. Ond roedd rhyw angerdd a nwyd wedi dod i gymryd lle dicter Swyn. Roedd hi dros ei phen a'i chlustiau mewn cariad ag o fel erioed, ond mewn ffordd fwy aeddfed . . .

'Mi gawn ni goffi drws nesaf,' cyhoeddodd Caron. 'Mi gliria' i'r rhain wedyn.' Fel mewn breuddwyd, dilynodd ef i'r lolfa.

Tynnodd Caron y llenni i gau duwch y nos allan ac eisteddodd y ddau gyda'i gilydd ar y soffa i yfed eu coffi. Rai munudau'n ddiweddarach, llithrodd ei fraich o'i hamgylch yn gwbl naturiol a'i thynnu'n nes ato, nes bod ei phen yn gorwedd yn braf ar gynhesrwydd ei ysgwydd. Caeodd Swyn ei llygaid. Pe bai'n gallu cael gwared â'i holl amheuon, a phe bai'n gwybod beth oedd i ddod, gallai hyd yn oed ddychmygu . . .

'Swyn.' Torrodd llais tawel Caron ar draws ei ffantasïau. A diolch am hynny. Beth oedd ar ei phen yn gadael i'w meddyliau redeg yn wyllt fel yna? Eisteddodd i fyny'n syth, yn euog, a chollodd beth o'i choffi i'r soser.

'Ie?' Gorffennodd ei choffi a rhoddodd y cwpan i lawr, yn falch o'r cyfle i symud ymhellach oddi wrtho.

'Roeddwn i'n dweud bod raid i ni siarad. Fedra' i ddim aros dim mwy.'

'Iawn.' Roedd yr amser wedi dod, rhaid oedd trafod

busnes. Ymbaratodd Swyn, ei chalon yn curo'n gyflym a'i dwylo ymhlyg ar ei glin. 'Am Gwenno.'

'Wel ie, wrth gwrs.' Swniai Caron yn swta, yn flin bron. 'Ond amdanat ti a fi yn fwy na dim.' Trodd yn awr i'w hwynebu, gan gydio'n ei dwy law a'u cau'n dynn yn ei ddwylo ef. 'Wn i ddim sut i ddweud hyn, Swyn, ond dwi'n gwybod na fedra' i ddim aros dim mwy.' Roedd yn gryg yn awr, ac yn syllu i fyw ei llygaid.

Roedd hi eisiau gweiddi. *Na! na! Paid â'i ddweud o, paid â difetha popeth! Beth am gymryd arnom fod ganddon ni ddyfodol efo'n gilydd yn ogystal â gorffennol!* Ond roedd ei cheg yn sych a'i gwefusau wedi glynu wrth ei gilydd, ac ni fedrai ddweud dim. Yr unig beth fedrai hi ei wneud oedd syllu'n ôl i fyw ei lygaid tywyll.

'Swyn?' Fedrai hi mo'i helpu o ond o leiaf doedd hi ddim am ei rwystro rhag mynd yn ei flaen. Os oedd raid i'r peth gael ei ddweud, wel cynta'n y byd gorau'n y byd. Arhosodd. Roedd Caron yn cael trafferth i dod o hyd i'r geiriau iawn ond yna daeth rhyw don newydd o hunanhyder drosto.

'Swyn, dyma be sy' wedi bod ar fy meddwl i. Pam na wnewch chi – ti a Gwenno – symud i fyw yma? Hefo Sam a fi?'

'Be?'

Atseiniai llais Swyn drwy'r tŷ i gyd. Cododd ei phen yn sydyn, ei llygaid fel soseri mewn dychryn. *Noson wyneb i waered . . .*

Aeth Caron yn ei flaen, gan fanteisio ar ei hyder newydd, a chan anwybyddu ei syndod hi. 'Dwi'n *gwybod* dy fod ti'n gallu ymdopi'n iawn ar dy ben dy hun a dwi'n gwybod hefyd y baset ti'n hoffi cael mwy o amser na hyn i wneud penderfyniad mor fawr. Ond dychmyga pa mor dda fyddai hyn i ni i gyd, Swyn! Meddwl am y peth am ychydig!'

Daliai i syllu arno'n syfrdan. Aeth Caron yn ei flaen eto, yn benderfynol o gyflwyno'i achos yn glir. 'Gwranda, Swyn. Y cwbwl dwi'n ei ofyn ydi dy fod ti'n rhoi cynnig arni. Peidio symud i'r fflat – symud yma! Dwi'n gwybod y byddai pethau'n gweithio, taset ti'n rhoi cyfle iddyn nhw.' Llifai'r dadleuon rhesymegol o'i enau mor rhwydd â dŵr yn llifo o dap. 'Mae'n rhaid i ti gyfaddef ein bod ni i gyd yn cyd-dynnu'n dda hefo'n gilydd, ti a fi a Gwenno a Sam. Mae'n rhaid i chi fyw yn rhywle, ac mi fuaswn i'n gallu helpu efo gwarchod Gwenno. Mi fyddi di ym Mangor mewn chwarter awr ar y mwyaf. A dydw i ddim yn disgwyl dim mwy na hynny, ond . . . '

Roedd Swyn yn dechrau dod i ddeall pethau yn awr, ac roedd yr hen ddicter yn dechrau crynhoi y tu mewn iddi unwaith eto. 'Rwyt ti'n cynnig trefniant swyddogol i ni, er mwyn i ti allu gweld Gwenno pryd bynnag hoffet ti? Yn talu rhent, fel Elen? Cornel fach glyd i Gwenno a fi, wrth law pan fydd hynny'n dy siwtio di, ond allan o'r ffordd pan na fydd o?'

Neidiodd Caron yn ei ôl ar y soffa yn union fel pe bai Swyn yn ymosod yn gorfforol arno gyda'i geiriau chwerw, ond roedd ei lygaid wedi caledu, yn adlewyrchu ei llygaid hi.

'Swyn, gad i mi . . . '

'Na.' Torrodd ar ei draws yn syth, a chododd ei llaw i'w rwystro rhag mynd yn ei flaen. 'Os wyt ti'n meddwl mai dyma oeddwn i isio – os wyt ti wedi bod yn disgwyl i mi gyd-fynd â dy gynlluniau di ar ein cyfer ni, drwy'r amser . . . er mwyn i ti gael gweld Gwenno pryd leici di, heb sôn am gael gwarchodwr ychwanegol wrth law ar gyfer . . . '

'Swyn!' Symudodd tuag ati eto, ond roedd hi wedi gwylltio cymaint nes iddi roi ei dwy law ar ei fynwes a'i wthio i ffwrdd gyda'i holl gryfder.

'Os mai dyna'r cynllun bach clyfar wyt ti wedi bod yn ei greu ac yn fy mharatoi i ar ei gyfer, wel y cwbwl ddweda' i ydi hyn. Gei di feddwl eto. Stwffia dy gynllun . . . '

'Swyn!' Cyn y gallai Swyn fynd yn ei blaen i ddisgrifio beth yn union yr oedd hi'n ei feddwl o'i gynlluniau, llwyddodd Caron i dorri drwodd ati o'r diwedd. Cydiodd yn dynn ynddi gerfydd ei hysgwyddau a'i hysgwyd yn galed, nes bod ei phen yn chwifio o ochr i ochr yn llipa a'i gwallt yn gorwedd yn flêr ar draws ei bochau fflamgoch.

Yna stopiodd, a chafwyd munud neu ddau o dawelwch llwyr tra oedd y ddau yn syllu ar ei gilydd. Ei fysedd yn dal ar ei hysgwyddau hi a'i phen hithau'n dal ar un ochr a'i gên yn gam.

'Gwranda arna' i yr hulpan!' Siaradai drwy'i ddannedd, ac yna roedd o'n ei thynnu ato, yn cau ei freichiau amdani, yn gadarn, gan wasgu pob anadl ohoni. 'Os mai dyna'r unig ffordd faswn i'n gallu dy gael di yma, faswn i ddim uwchlaw cynnig hynny. Ond *rargian fawr . . . !'* Ffrwydrodd ei lais yn fyddarol, ac fe neidiodd hithau'n ei hôl mewn braw. 'Er mwyn Duw, dwyt ti'n deall dim. Wrth gwrs 'mod i'n disgwyl i ti fod yn flin – roeddwn i'n gwybod na fyddai pethau'n hawdd – doeddwn i ddim yn gweld bai arnat ti am fod yn ofalus! Ond Swyn, dwyt ti ddim yn gweld be dwi isio go iawn? Dwyt ti ddim?'

Swniai'n ddifrifol iawn erbyn hyn a'i lais yn floesg ac roedd ei chalon a'i hymennydd hithau'n brwydro'n erbyn ei gilydd, yn gyrru negeseuon gwahanol i'w genau, nes peri iddi beidio dweud dim. Fedrai hi ddim dweud dim. Y cwbl allai hi ei wneud oedd syllu arno, a'i hwyneb yn llawn cynnwrf.

'Dwi dy isio *di,* Swyn. *Ti.'* Crynai ei lais, ond roedd wedi tawelu yn awr ar ôl dweud ei feddwl yn blaen. 'Wrth gwrs y baswn i wrth fy modd yn cael Gwenno yma, ond nid dyna'r pwynt. Dwi'n gwybod y ca' i ei gweld hi pryd bynnag hoffwn i, ble bynnag fyddwch chi'n byw – dwi'n gwybod dy fod ti wedi maddau i mi a dwi'n gwybod na fyddet ti byth yn ei chadw hi oddi wrtha' i rŵan . . . '

'Er ei *lles* hi.' Hyd yn oed rŵan, roedd Swyn yn dal i geisio bod yn amddiffynnol. 'Mae ganddi hi isio dy weld *di* hefyd.'

'Oes, oes, a dwi'n deall hynny i gyd. Er lles Gwenno, ac er fy lles i a ballu.' Ac yna daeth y tyndra yn ei ôl unwaith eto. 'Ond beth amdanat *ti*, Swyn? Beth wyt *ti* isio? Ti wedi bod mor dda – yn rheoli dy deimladau – fedra' i ddim dweud be wyt ti isio.'

Sôn am eironi, ac fe gafodd Swyn hyd i'w llais o'r diwedd. *'Fi? Fi'n* rheoli 'nheimladau? Beth amdanat ti? Fedrwn i byth ddweud beth oedd ar dy feddwl di – beth oeddet ti isio! A thrwy'r adeg, mi rwyt ti wedi bod yn chwarae fel hyn efo ni, yn wên deg i gyd, heb fynnu dim byd, ac yn cuddio dy deimladau go iawn! Sut ydw i i fod i dy gredu di rŵan? Pam ddylwn i?'

Pam na ddylwn i? Pam na ddylwn i? Hyd yn oed wrth iddi ei gadw hyd braich, roedd rhyw deimladau afresymol yn ei cherdded, gan gynhesu ei chorff i gyd.

Ond roedd Caron yn derbyn hyn. 'Ie, pam ddylet ti?' Ochneidiodd, ac yna gollyngodd ei hysgwyddau, a'r lliw da yn diflannu o'i fochau nes ei adael yn welw. Edrychodd Swyn arno'n ofalus gan weld dyn oedd wedi bod dan straen garw ers peth amser, ond roedd wedi dweud popeth wrthi yn awr – ac roedd rhyw bryder newydd yn treiddio i ganol ei dryswch hi.

'Efallai y medra' i egluro fel hyn.' Cydiodd yn ei dwylo unwaith eto, yn union fel pe bai'n ceisio cael rhyw nerth ohonynt i fynd yn ei flaen, a chymryd yn ganiataol bod ganddi nerth ar ôl, wrth gwrs. Roedd Swyn yn falch. Ymlaciodd a gwrandawodd yn astud.

'Ti'n cofio fel ddaru mi ddal yn ôl – aros am yr amser iawn – pan oeddwn i . . . ' llyncodd ei boer yn galed, ' . . . yn ceisio dy hudo di?' Doedd dim diben bod yn glên efo fo'i hun rŵan. 'Dy ddal di yn y magl?'

'Ddwy flynedd yn ôl?' Gallai Swyn ei helpu yn awr.

'Ie, ddwy flynedd yn ôl. Dyna sut ddaru mi gynllunio'r peth, cael yr hyn oeddwn i isio gen ti. Dyna oedd fy arf i. Peidio cyfaddef beth oedd fy ngwir fwriad i – beth oeddwn i isio go iawn, ac yn ei gynllunio – nes 'mod i wedi dy gael di i'r cyflwr iawn . . . nes dy fod ti'n . . . '

'Barod? Aeddfed? cynigiodd Swyn, yn sbeitlyd ond heb gynhyrfu fawr ddim.

Gwingodd Caron ond derbyniodd ei chynigion. 'Ie. Yn barod i dy bluo di. Wel mi fedri di ystyried yr wythnosau diwethaf 'ma fel rhywbeth tebyg, ond yn gwbl groes os wyt ti'n deall beth sydd gen i. Roeddwn i'n gwybod bod raid i mi aros am yr amser iawn eto y tro yma – bod yn amyneddgar unwaith eto. Aros am yr arwydd. Gwneud yn siŵr dy fod ti'n barod. Peidio dy wthio di na dy frysio di. Doeddwn i ddim yn gwybod a fyddet ti'n barod byth. Dim ond gobeithio oeddwn i, gan fy mod i'n barod. Ond os oeddet ti'n haeddu rhywbeth, roeddet ti'n haeddu amser ac roedd rhaid i mi reoli fy hun. Mi ddefnyddiais i hynny yn dy erbyn di y tro diwethaf, ond y tro yma, mi wnes i ei ddefnyddio er dy les di. Wyt ti'n deall?'

Nodiodd Swyn. 'Ydw, dwi'n meddwl.' Roedd o'n gwneud synnwyr, ond allai hi ymddiried ynddo?

Tynhaodd ei afael yn ei dwylo a gostyngodd ei lais. 'Ond dydw i ddim am aros dim mwy. Dyma'r amser i ddweud y gwir wrthat ti, waeth beth wyt ti'n feddwl ohono fo. Dwi'n dy garu di, Swyn. Ers y dechrau un. Dwi'n gwybod beth wnes i i ti, a pha mor ofnadwy oedd hynny. A dwi'n gwybod hefyd na fedri di byth anghofio hynny, hyd yn oed os fedri di faddau. Ond . . . ' griddfanodd gan blygu'i ben am ychydig, ' . . . mi wnest ti adael bwlch mawr yn fy mywyd i. Doeddwn i ddim yn gwybod am Gwenno hyd yn oed,' atgoffodd. 'A phe taswn i . . . dwi'n meddwl y baswn i wedi drysu'n lân! Ond o wybod beth oeddwn i wedi'i wneud i ti, a heb wybod beth oedd wedi digwydd i ti – wel, fyddi di byth yn gwybod pa mor anodd oedd hynny i mi. Mi rydw i wedi cael fy nghosbi'n drwm, coelia di fi.'

'Dwi *yn* coelio hynny, Caron.' Ac mi roedd hi, ac roedd ei hapusrwydd yn tyfu gyda phob eiliad, ac yn ei llenwi, fel nad oedd lle ar ôl i unrhyw amheuon na dicter, nac unrhyw emosiynau negyddol eraill.

Ond roedd rhyw ansicrwydd arall yn ei phoeni, cyn y gallai ildio i fwynhau'r hapusrwydd. 'Ac mi rydw i wedi maddau i ti hefyd. Faswn i ddim yn gallu dal i dy gasáu di, hyd yn oed pe taswn i isio. Dwi'n dy garu di, hefyd, ac wedi gwneud o'r dechrau un. Doeddwn i ddim yn deall hynny ar y dechrau, ond mi rydw i rŵan. Mi syrthiais i mewn cariad efo ti bryd hynny, yn hogan ifanc ddiniwed; ac mi rydw i'n dal i dy garu di rŵan.'

'O Swyn!' Tynnodd hi'n nes ato unwaith eto, gyda'r disgleirdeb amlwg yn ei lygaid yn dangos pa mor ddiffuant oedd ei lawenydd. 'Diolch byth!'

Ond daliodd Swyn yn ôl. Doedd hi ddim wedi gorffen.

'Fedra' i ddim cytuno i dy – dy gynnig di, Caron. Mi hoffwn i,' cyfaddefodd, 'ond . . .'

'Pam ddim? Er mwyn y nefoedd, pam ddim?'

'Achos fedrwn i fyth fod yn siŵr nad ceisio lleddfu dy gydwybod am y gorffennol wyt ti. Hyd yn oed os nad wyt ti dy hun yn sylweddoli hynny. Fy nefnyddio i – fi a Gwenno – i wneud iawn am y boen . . . y boen ddaru ti ei dioddef efo Helen, ac yna efo fi. Dwi ddim yn bwriadu bod yn gysur i dy euogrwydd di, Caron. Dydw i ddim isio neb sy' ddim fy isio i. Fi am yr hyn ydw i. Nid am fod gen i blentyn gen ti, nac fel rhyw sach-liain a lludw. Dim ar unrhyw lefel.'

Roedd Swyn yn hyderus yn awr, a'i dwylo'n pwysleisio'r geiriau wrth iddi roi trefn ar yr hyn yr oedd hi'n geisio'i ddweud. Gwrandawodd Caron yn astud, gan deimlo parch a chariad tuag ati.

'Bobol bach, Swyn, sut fedrais i wneud hyn i ti? Brifo cymaint arnat ti – ac yna dy adael di – yn aros, heb wybod dim . . . ' Tynnodd ei hun at ei gilydd, i wynebu'r sialens newydd hon. 'Roeddwn i'n gwybod, cyn gynted ag y gwelais i ti eto, 'mod i wedi dy garu di o'r dechrau. Dy garu di go iawn; nid dim ond dy ddefnyddio di at fy nibenion rhyfedd fy hun. Yn fwch dihangol neu'n beth bynnag. Fedrwn i ddim cyfaddef hynny i mi fy hun bryd hynny, ar ôl yr holl ddigwyddiadau trawmatig yna, ond y munud y gwelais i ti yn y llys, wel, doedd 'na ddim troi'n ôl.'

'Nac i minnau chwaith.'

'Yn union.'

Cafwyd saib byr wrth i Caron roi trefn ar ei feddyliau. 'Gwranda, Swyn, dwi'n deall beth sydd gen ti, ynghylch symud i mewn i fa'ma. Fedri di ddim ymddiried ynof i ar hyn o bryd. A dweud y gwir, dwi'n meddwl y byddi di'n amau 'nghymhellion i am byth. Neu am sbel go hir, beth bynnag. Mi fyddi di'n llawn amheuon, waeth be fydda i'n ei ddweud ac yn ei wneud. Yr unig beth fedra' i ei wneud ydi dweud wrthat ti, a dal i ddweud wrthat ti bob dydd o 'mywyd i – a phob nos os ca' i – mai *ti* ydw i ei isio! Ti dwi angen, rŵan ac am byth. Fel yr wyt ti, ac fel yr ydw i'n dy garu di, ac nid fel rhyw – rhyw arwydd 'mod i'n gwneud iawn am y gorffennol. Y cwbwl fedra' i ei wneud ydi dweud hynny wrthat ti rŵan a dal i'w ddweud o, gan obeithio y doi di i gredu hynny mewn amser.'

Gwyrodd tuag ati a chymerodd ei hwyneb yn ei ddwylo. Roedd ei wefusau'n agos at ei gwefusau hi wrth iddo sibrwd: 'Efallai fod raid i ni fentro unwaith eto, Swyn? A ti, 'ngharia d i, fydd yn mentro fwyaf.'

Y peth olaf a aeth drwy feddwl Swyn, cyn iddi adael iddo ei meddiannu unwaith eto, oedd mai fo oedd yn iawn wedi'r cwbl. Roedd o wedi dweud gwirioneddau mawr. Gallai unrhyw un dyngu llw, addo ei serch. Ond cyn hynny, roedd yn rhaid i'r person oedd yn *derbyn* fedru ymddiried yn yr addewid yna.

Ac fe ddylai hi ymddiried yn Caron. Dim ond bywyd fyddai'n gallu ei phrofi'n gywir neu'n anghywir. Ac roedd ganddi syniad eithaf da pa un fyddai. Roedd ei greddf yn dweud wrthi mai efo fo y dylai fod, ac fe ddaeth rhyw dawelwch mawr dros yr ystafell a'r tŷ i gyd, gan amgylchynu Swyn fel plygion meddal y cwilt cynhesaf yn y byd.

Syllodd yn ddwys arno, y llygaid llwyd yn uno â'r llygaid tywyll. 'Iawn, Caron, mi fentra' i! Mi ranna' i dy dŷ di, a dy wely di. Un teulu hapus.' Gwenodd y ddau. 'Diolch i ti am ofyn i mi. Diolch.'

'Paid â diolch i mi. Dwi ddim wedi dechrau eto. Mi gei di ddigon o resymau i ddioch i mi. Rho gyfle i mi!'

'Un peth ar y tro. Mi fydd raid i mi holi 'mhartner i ddechrau.'

'Partner?' Gwgodd, ac yna gwenodd. 'O! Gwenno!'

'Ie, ond dwi ddim yn meddwl y bydd 'na unrhyw wrthwynebiad, ond . . . '

'O Swyn!' Llusgodd hi ato, yn agos unwaith eto. Roedd o wedi'i hennill am yr eildro, a'r tro hwn, roedd pethau'n mynd i weithio. Roedd bywyd newydd o'u blaenau. 'Pryd wnewch chi symud i mewn?' Roedd ei amynedd yn pallu yn awr. 'Pryd?' mynnodd, gan gydio'n dynn am ei gwar.

'Yn fuan,' sibrydodd wrth i'w wefusau chwilio'n wyllt am ei gwefusau hi.

Bu tawelwch am ychydig wrth i'r ddau gusanu'n gariadus, ond yna tynnodd Swyn ei hun oddi wrtho ac eisteddodd i fyny, gan dacluso'i hun yn swil. 'Ond dim heno. Heno, mae'n rhaid i mi fynd yn ôl at Gwenno.'

Cododd Caron hefyd, a daeth yn nes ati ar hyd y soffa unwaith eto, gan sibrwd yn gariadus yn ei chlust. 'Fedra' i mo dy berswadio di?' Teimlai Swyn ei anadl cynnes ar ei gwar.

'Na, Caron. Dim ond chydig ddyddiau fydd raid i ti aros gobeithio, ond mae'n rhaid i mi fod yn barod.' Cydiodd yn ei ddwylo rhag gadael iddynt grwydro a thynnu ei meddwl oddi ar yr hyn yr oedd hi am ei ddweud. 'Mae'n rhaid i mi fod yn barod, ym mhob ffordd. Pan fydda i'n symud i mewn yma, yn cysgu efo ti, ac yn rhannu dy fywyd di, mi fydd raid i mi fod yn barod. Yn gwbl sicr ac yn gwbl barod. Mae 'na rai pethau dwi ddim am eu mentro byth eto.' Gwenodd yn drist. 'Dwi am fod yn gwbwl gyfrifol am fy nyfodol y tro hwn. Dim mwy o gamgymeriadau fel y tro diwethaf. O hyn ymlaen, dwi isio gwybod be dwi'n ei wneud.'

Cytunai Caron â phob gair ond yna gwenodd yn gam. 'Wyt ti'n galw Gwenno'n gamgymeriad?'

'Un o'r camgymeriadau gorau, delaf a fu erioed. Ond camgymeriad oedd hi serch hynny.'

'Mae pethau'n gallu bod mor rhyfedd tydyn?' Cydiodd Caron ynddi unwaith eto, yn gariadus, ond heb fynnu dim ganddi. 'Roedd dyfodiad Sam wedi'i gynllunio'n fanwl iawn iawn, ond chafodd o fawr o groeso, y creadur bach. Ond roedd Gwenno'n annisgwyl a dweud y lleiaf – yn gamgymeriad ym mhob ffordd, ond eto, mae hi'n . . . '

'Werth y byd i gyd yn grwn,' gorffennodd Swyn, wrth i Caron fethu dod o hyd i'r geiriau iawn.

Meddalodd ei wyneb. 'Yn union! A rŵan mae 'i thad a'i mam yn mynd i fod efo hi ddydd a nos. Mi gaiff hi 'i difetha'n llwyr. A Sam hefyd.'

'Dim peryg, fydd 'na'r un plentyn i ni'n cael 'i ddifetha,' meddai Swyn.

'A faint ydan ni am gael?' holodd Caron yn heriol.

'O, ryw ddau neu dri arall – pan fydda i'n barod.'

'Mi ddylwn i wneud y ddwy ohonach chi'n Lewisiaid swyddogol i ddechrau, os ga' i,' meddai Caron, gan brofi'r dyfroedd.

'Gawn ni weld am hynny.' Ond roedd Swyn yn gwenu'n braf.

Ond difrifolodd Caron eto am eiliad, a'i lygaid tywyll yn ymbil ar Swyn. Paid â bod yn rhy hir, Swyn, cyn symud i mewn. Mae'n rhaid i ni gymryd pethau'n ara' deg, dwi'n deall hynny, ond cofia 'mod i wedi aros dwy flynedd eisoes . . . mwy na dwy flynedd . . . a fedra' i ddim aros llawer mwy.'

'Finnau hefyd, cofio?' Ymryddhaodd oddi wrtho, ond roedd hi'n gwenu fwy nag erioed arno. 'Mae'n hwyr. Mae'n rhaid i mi fynd rŵan, cariad. Mi fydd Gwion a Sara'n dechrau meddwl lle'r ydw i. Ond paid â phoeni,' addawodd. 'Mi fydda i'n ôl . . . mi fydda i adre cyn bo hir.'